夢詠みかぐや

真崎ひかる

19483

角川ルビー文庫

目次

口絵・本文イラスト／榊　空也

いつの時代か誰《だれ》も知らない、その昔。

竹取《たけとり》の翁《おきな》が光り輝《かがや》く竹の中から見つけた小さな子供は、わずか三月《みつき》ほどで妙齢《みようれい》の女子《おなご》へと成長したと言われている。

この世のものとは思えないほど美しい娘《むすめ》は『かぐや姫《ひめ》』と名づけられ、貴賤《きせん》の隔《へだ》てなく男たちを夢中にさせ、熱心な求愛を受けた。

ところが、すべて袖《そで》にして誰の求愛も受け入れず、終《つい》には求婚者《きゆうこん》が五人にまで減った。

求婚を受け入れる条件として、その五人に示した求めは実に困難で、誰ひとり姫の願いを叶《かな》えられる男はいなかった。

やがて美しき姫の噂《うわさ》は、帝《みかど》の耳にまで届く。ところが姫は、帝の求めにさえ応じようとはせず、ただ和歌のやり取りのみが続いたという。

そうして、三年の月日が流れ……かぐや姫がふさぎ込むことが多くなる。問い質《ただ》した翁に答えるには、

『自分はこの国の人間ではなく月の都の人です。八の月の十五日に帰らねばならないのです。ほんの少しの間のつもりでやって来ましたが、長い年月を経てしまった。迎《むか》えにより、お暇《いとま》しなければなりません』

そう言って、淋《さび》しさにむせび泣く。

そんなかぐや姫の話は帝の耳に入り、月へなど帰させるものかと翁の屋敷《やしき》に大勢の将を送り込んで護《まも》り固めようとした。

けれど月の人の前では弓矢など役に立たず、腕利《うでき》きの武将たちも戦意喪失《そうしつ》してしまう。

育ての両親との別れを嘆《なげ》き悲しんでいたはずの姫は、使者が持ち込んだ天の羽衣《はごろも》を身に纏《まと》うなり地上でのすべてを忘れ去り、迎えの御車《みくるま》に乗り込み月へと昇《のぼ》ってしまった。

姿を消したかぐや姫が帝へと残したものは、手紙と不死の妙薬。

手紙を読んだ帝は深く悲しみ、かぐや姫に逢《あ》うことが叶わないのならば不死の薬など無意味だと、使者に手紙と共に託《たく》し、天に一番近い山の頂上で燃やすよう命じた。

その煙《けむり》は、今も山頂を覆《おお》う雲の中で立ち上り続けていると言われている。


……でも、それが創作物語だと言い切れるだろうか。

竹の中から誕生したこと、三月《みつき》で成長したこと、月からの迎えによって月の世界へ帰ったこと。

荒唐無稽《こうとうむけい》な夢物語だと、現実離《ばな》れした事象を混合させたことで惑《まど》わされていないだろうか。

もし、人ならざる力を持つ麗人《れいじん》『かぐや姫』が実在したなら。

もし、帝の求愛を受け入れて深い関係を持っていたなら。

その『かぐや姫』は、月に帰ったかもしれない。

でも、その子孫が存在しないと……誰が言い切れるだろうか。

存在の証明も、不在の証明も容易ではない。

けれど、『もし』があるなら……『かぐや姫』の血を継《つ》ぐ月人の子孫が、現代も地球のどこかにいるかもしれない。

《一》

「このように、通称《つうしょう》『竹取物語《たけとりものがたり》』は、実在の人物を想像させる名を取り混ぜながらの創作物語であり、正確な成立年も作者も不明とされている。現在では、主に『かぐや姫《ひめ》』の名で子供向けの絵本や書籍《しょせき》が多く出版され、アニメ化もされており、我々日本人にとって親しみ深い物語でもある」

特に目新しくもなければ笑えるような奇抜《きばつ》さもない、退屈《たいくつ》な発表が続いている。

厭《あ》き厭きとした佳月《かづき》は、手元にあるコピー用紙とホワイトボードのあいだに視線を往復させることで、なんとか眠気《ねむけ》に抗《あらが》った。

「民俗学《みんぞく》の観点からすれば、帝が『かぐや姫』が残した手紙と不死の薬を燃やしたと言われている駿河国《するがのくに》の山は、今でいう富士山《ふじさん》というのが通説ではあるが……不死の薬を燃やした不死山、富士山という名の由来は少しばかり強引《ごういん》で、士が富む山……つまり、帝が多くの士を登らせたことにより、その名がつけられたという説のほうが有力とされている。また、日本各地にかぐや姫由縁《ゆえん》の地と言われている土地があり、中でも七つの市長によって『かぐや姫サミット』なるものも開催《かいさい》されたりしているが、史実としては……」

ホワイトボードを背にした男子学生が言葉を続けようとした時、授業時間の終了《しゅうりょう》を告げる鐘《かね》の音が鳴り響《ひび》いた。

初老のゼミの担当教授は、どれほど発表が中途半端《ちゅうとはんぱ》でも、授業時間を延長しないことで有名な人だ。

「はい、そこまで」

そう短い一言を口にすると、腰《こし》かけていたイスから当然のように立ち上がった。

ホワイトボードの前に立つ学生は、顔色を青褪《あおざ》めさせている。当然、教授も気づいているはずだが、

「時間配分を誤った発表者のミスですね。減点しておきます。続きは、次回の冒頭《ぼうとう》で。手短にお願いします」

淡々《たんたん》とそれだけ言い残して、小教室を出て行った。

時間切れによる減点がどの程度行われるかはわからないが、ゼミの評定に不利になることは確かだ。

教授がいなくなった途端《とたん》、教室内に張りつめていた空気が一気に緩《ゆる》む。

「……くそ、あと五分……いや、三分もあれば終わったのに」

発表者の男子学生が、コピー用紙を握《にぎ》り締《し》めて「相変わらず、融通《ゆうずう》のきかねぇジジイだ」と嘆いた。

ホワイトボードを囲むようにコの字に配置した長机の端《はし》、彼に一番近い位置にいる女子学生は、苦笑《くしょう》を浮《う》かべて慰《なぐさ》め文句を口にする。

「惜《お》しかったね。私みたいに、十分も時間を余らせてため息をつかれるのと……どっちがマシだろ」

「どっちもどっち、かな。コバを慰める会でも行いますか」

発表者の男子学生は、コバ……小林《こばやし》だったか、小早川《こばやかわ》だったか、木場《こば》だったか。どうでもいいか。

佳月は、聞こうとしなくても勝手に耳に入る彼らの会話を聞き流しつつ、机の上に広げていたレポート用紙を纏めた。

別の男子学生が、

「じゃ、この後暇《ひま》なヤツ、駅前のカラオケ……でいいか？　あそこだと、同じビルに居酒屋もあるし」

そんなふうに音頭《おんど》を取ると、教室内にいる十数人のゼミ生のあいだから、パラパラと手が挙がる。

「俺この後もう一コマ授業があるから、途中参加でいいなら参加する。部屋に入ったら、メールしておいて」

「私はこのまま行けるかな。研究室に寄って、レポートを提出するだけ」

「レポートって、なんかあった？」

「……掲示板《けいじばん》、見てないの？」

思い思いに会話しているゼミ生たちを横目に、佳月は黙々《もくもく》と退室準備を進める。レポート用紙を挟《はさ》んだバインダーとペンケースをバッグに仕舞《しま》い、無言で席を立ったところで近くにいた学生に話しかけられた。

「竹居《たけい》、おまえは……不参加だよな？」

行こうという誘《さそ》いや、行けるか否《いな》かの問いかけではなく、不参加であることを決めつけた上で確認《かくにん》する口調だ。

そしてそれは、間違《まちが》いではない。

「……迎《むか》えが来るから」

ぽつりと言い残した佳月は、軽く頭を下げて教室を出た。笑《え》みを浮かべるでもなく、無愛想《ぶあいそう》な態度だという自覚はある。

扉《とびら》を閉めなかったせいで、教室内のゼミ生たちのやり取りが背中を追いかけてくる。

「おまえ、なにやってんの？　竹居はダメだろ～。聞くだけムダ。俺らみたいな下々の者とは、口を利くのもゴメンって感じ。顔だけはキレーだけど、笑ったところ見たことあるヤツっているか？」

「だから、誘ってないじゃんか。笑うどころか、声も久々に聞いた。お迎えって、あれか。プレジデントだかセンチュリーだか、クラウンだか……黒塗《くろぬ》りのおっかないヤツ」

「俺が見たのは、ゴールドカラーのレクサスだったけど。黒スーツに白手袋《しろてぶくろ》の運転手が、恭《うやうや》しくドアを開けてた」

「うわ……お坊《ぼっ》ちゃんていうか、御曹司《おんぞうし》は違うね。つーかあいつ、居酒屋とか入ったことないって、マジでぇ？　ナカジが親睦会《しんぼくかい》に誘ったら、門限二十時とか返ってきたってよ。あいつ、カラオケボックスに連れ込んだら倒《たお》れるんじゃねーの？」

「それじゃ、御曹司じゃなくて深窓の姫《ひめ》だろ」

「あー……確かにそんな感じかも。竹居ってさ、真夏でもTシャツとか着ないし、シャツの袖《そで》捲《まく》りなんかも絶対にしねーの。お行儀《ぎょうぎ》がいいっつーか、下々の者には玉の肌《はだ》を見せられねぇとでも思ってんのかね」

「うわ、それじゃ本気で姫だろ。あ、姫って言えばさ、この前……」

ドッと笑い声が上がり、話題が別のことに移る。

自分をネタに盛り上がっていたゼミ生たちにほんの少し眉《まゆ》を顰《ひそ》めたけれど、足を止めることなくコンクリート造りの階段を下りた。

よく知らない人と距離《きょり》を詰《つ》めることになるエレベータは、苦手だ。三階くらいなら、階段を使ったほうがいい。

「御曹司、姫……か」

十一月の寒風が吹き抜《ふぬ》ける外階段は、滅多《めった》に人とすれ違わない。周りに誰《だれ》もいないことがわかっているから、そうつぶやいて皮肉の滲《にじ》む微笑《びしょう》を浮かべた。

夏場でも半袖のTシャツを着ないとか、シャツの袖捲りをしないとか……意外とよく見られている。

「他人のことなどどうでもいいだろ。暇人どもめ」

左手首をシャツの袖口の上から押さえ、ふんと鼻で笑った。

確かに竹居家は、世間的には由緒《ゆいしょ》ある旧家として名が知られている。佳月も竹居本家の血を引いていることには間違いがなく、もし本家に生まれ育っていたら……時代錯誤《さくご》な表現だけれど、紛《まぎ》れもなく『御曹司』であることは否定しない。

実際は非嫡出子《ひちゃくしゅつし》であり、本家の姉二人からは「愛人の子のくせに」と吐《は》き捨てられる立場なのだが。

通学の利便性を言い訳に、大学進学を機に本家を出て、現在は三十階建ての高層マンションの最上階をほぼ独占《どくせん》している。

セキュリティを考慮《こうりょ》して本家から宛《あて》がわれたのだが、学生の独り暮らしには贅沢《ぜいたく》すぎる物件だ。

もっと庶民的《しょみんてき》な住まいがいいと主張してみたけれど、ここ以外なら独り暮らしを許可しないと言われてしまえば佳月は「はい」と答えるしかなかった。

大学の登下校は、竹居の家を出る際に世話係として付けられた大伴《おおとも》がハンドルを握る高級車で送り迎えされており、ゼミ生たちのように他学科の学生からも『御曹司』と揶揄《やゆ》されていることも知っている。

一部では、必要以上に甘やかされている『バカ坊ちゃん』と嘲笑《ちょうしょう》されていることも承知だけれど、佳月は周囲の雑音をすべてシャットアウトして淡々と日々を過ごしている。

おまえには必要ないだろうと、当主である父親に眉を顰められて渋《しぶ》られたにもかかわらず、我が儘《まま》を通して大学に通っているのは勉強がしたかったからだ。

友人を作ることが目的ではないのだから、自分が学生たちに遠巻きにされて浮いた存在であっても、痛くも痒《かゆ》くもない。

それに、自分が過剰《かじょう》なほどの保護下に置かれているのには、一応の理由があるのだ。

大学の構内を抜け、門をくぐったところで停車している大型車の脇《わき》に立つ見覚えのある長身が目に入った。

……残念でした。あいつらの会話に出てきた車は、全部外れだ。今日の送迎車《そうげいしゃ》は、ダークブラウンのフーガ。

表情筋は一切《いっさい》動かさないまま、名前もきちんと覚えていないゼミ生たちに心の中で舌を出す。

「佳月さん」

腕時計《うでどけい》から顔を上げた男は、佳月の姿に気づいて大きく一歩足を踏《ふ》み出した。

ゼミ生たちが盛り上がっていた『ネタ』の一コマ……運転手であり、世話係であり、ボディガードも兼《か》ねている大伴博臣《ひろおみ》だ。年齢《ねんれい》は十九歳の佳月より一回り以上は上のはずだが、頭を下げて仕えることに微塵《みじん》も不本意そうな様子を見せない。

初めて引き合わされたのは三年ほど前だが、佳月はこの男が笑っている顔を一度も見たことがなかった。

文武両道で、家事まで完璧《かんぺき》にこなし、百八十センチに迫《せま》る長身の男前。疲労《ひろう》を感じさせる表情を目にしたこともないし、常に完璧な装《よそお》いで……深夜だろうが早朝だろうが、髪《かみ》が乱れていたことさえない。

実はサイボーグなのだと言われたら、「やはりそうか」と納得《なっとく》してしまいそうなほど、常人離《ばな》れしている。

大伴は、ゆっくりした足取りで車に近づく佳月に深々と頭を下げる。

「……お帰りなさいませ」

「ん」

毎度のことながら、かすかに頭を揺《ゆ》らしただけの無愛想な返事だろうと、気にする素振《そぶ》りもない。

ゆったりとした動作で頭を上げると、真っ白な手袋を装着した手で佳月のバッグを受け取って、後部座席のドアを開いた。

「どうぞ。お寒いでしょう」

「……ヘーキ」

短く答えた佳月は、当然の態度で革張《かわば》りのシートに腰《こし》かける。座席の前で足を揃《そろ》えたのを確認すると、最小限の音を立ててドアが閉められた。

歩道を通りかかった学生の目には、他人に傅《かしず》かれることに慣れた高慢《こうまん》なお坊ちゃんに映るはずだ。

経緯《けいい》や事実などどうでもよくて、目の前で起きた『お坊ちゃんと運転手』による一部始終が、物珍《ものめずら》しくて面白《おもしろ》いだけでいいのだ。

「ご自宅に戻《もど》る前に、本家に立ち寄ります。当主がお呼びですので」

運転席に戻った大伴が、エンジンをかけて車を発進させながら話しかけてくる。シートの背もたれに身体《からだ》を預けた佳月は、「ふーん」と鼻を鳴らした。

「オシゴト、かな」

「当主からお聞きになってください」

佳月のつぶやきに、突《つ》き放すような冷静かつ冷淡《れいたん》な口調で大伴が答えるのも、いつものことだ。

傍《はた》から見ている人間は、自分勝手で我が儘し放題の佳月が大伴をいいように扱《あつか》っていると思っているだろう。

でも実際は、純然たる主従関係とは少し違うはずだ。この男が心酔《しんすい》し、実際に仕えているのは、『佳月』ではないのだから……。

車窓を流れる街の風景をぼんやりと眺《なが》めながら、この透明《とうめい》な強化ガラスは護身のための盾《たて》と言うより自分を閉じ込める檻《おり》のようだな……と、密《ひそ》かな息をついた。

□□□

都心の一等地に広大な敷地《しきち》を持つ竹居の本家は、時代錯誤な空気を漂《ただよ》わせている。戦火で焼《しょう》失《しっ》した後も、地方の古民家を解体してかつて母屋《おもや》に使われていたものと同じ建材をかき集め、まったく同じ建屋を再現したらしい。

さすがに母屋以外の離《はな》れには手が回らなかったというが、執念《しゅうねん》に近いものを感じて……この家の廊下《ろうか》を歩くたびに、薄《うす》ら寒い気分になる。

そんな母屋の奥座敷《おくざしき》、荘厳《そうごん》な屛風《びょうぶ》やら掛《か》け軸《じく》やらが飾《かざ》られている広間を、佳月はコッソリ『謁見《えっけん》の間』と呼んでいる。

現当主である父親が、尊大な態度で華美《かび》な屛風を背に分厚い座布団《ざぶとん》に座していると、もうそれ以外に表現しようがない。

佳月にしてみれば、父親というよりもこの竹居家の当主でしかない感覚だ。

「大学はどうだ。つまらなければ、辞《や》めてもいいんだ。おまえには、微々《びび》たる知識を詰め込むよりも大事な役目があるだろう。民俗《みんぞく》学など、なんの役にも立たんものを……」

「おかげさまで、実に有意義な毎日を過ごしています。奥が深いですよ、民俗学。本日は、『かぐや姫』についての興味深い考察を拝聴《はいちょう》しました。僕と同世代の学生が『かぐや姫』をどう見ているか伺《うかが》えて、大層愉快《ゆかい》でした」

意図して『かぐや姫』という言葉を繰《く》り返す佳月に、彼は厳《いか》めしい表情で睨《にら》みつけてくる。

それでも佳月が目を逸《そ》らしたまま無表情を保っていると、これ見よがしに深い息をついて言葉を続けた。

「相変わらず、可愛《かわい》げのないやつだな。まぁいい。今日おまえを呼んだのは、『観月』の依頼《いらい》を伝えるためだ。詳《くわ》しいことは大伴に知らせてある。次の満月だ」

「……明日ですね」

自分には欠かせないもの、カレンダーと共に壁《かべ》に貼《は》ってある詳細《しょうさい》な『月齢表《げつれい》』を思い浮《う》かべ、ポツリとつぶやく。

直前の知らせに、声に隠《かく》しきれない非難が滲み出てしまった。眉《まゆ》もピクリと震《ふる》わせてしまい、ポーカーフェイスを保てなかったことが悔《くや》しい。

わかっていたことだが、当主は佳月のささやかな抗議《こうぎ》は綺麗《きれい》さっぱり無視して、ジロリと睥《へい》睨《げい》してくる。

「なにか聞きたいことは？」

「いえ。では、いつものように。お話はこれだけですか？」

「ああ……先代のところに顔を出して行け。佳月は達者かと、気にしていらした」

「わかりました。失礼します」

頭を下げると、座していた座布団から外れて立ち上がった。襖《ふすま》を開けて廊下に出ると、ふっと肩《かた》の力を抜《ぬ》く。

親子の会話としては無味《むみ》乾燥《かんそう》この上ないものだと、自分でも思う。でも、遺伝子上の繋《つな》がりはどうであれ、この男を『父親』だと感じたことなど一度もないのだから他《ほか》にどんな態度で接すればいいのかわからない。

アチラにしても、佳月を『息子《むすこ》』だと認識《にんしき》しているかどうか……疑わしいものだ。

「佳月さん。もうお帰りで?」

廊下の角のところに立っていたらしい大伴の声にピクリと肩を震わせて、スッと表情を引き締《し》める。

話しかけられるまで、気配を感じなかった。

「……先代の離れに顔を出す。三十分だ」

「承知いたしました。では、三十分後には車寄せで待機しております」

無愛想《ぶあいそう》に、最低限の言葉を並べただけなのだが、大伴は意味を的確に捉《とら》えたようだ。

無言で首を上下させた佳月は、これ以上話すことはないとばかりに背を向けて、離れへと続く渡《わた》り廊下に向かう。

ここに住んでいた時、幾度《いくど》となくこの廊下を歩いて離れへと通った。目を閉じていても、壁や柱にぶつかることなく歩けるはずだ。

母屋の外れに差しかかったところで、廊下を曲がった途端《とたん》前から歩いてきた人物とニアミスしそうになって足を止めた。

「あら……佳月じゃない? 本家に足を運ぶなんて、珍《めずら》しい」

できれば、顔を合わせずに済ませたかった人物の一人だ。半分だけ血の繋がりのある姉だが、父親以上に身内という感覚は微塵もない。

佳月は、舌打ちしたくなるほど苦い感情を表情に出さないよう意識しながら、軽く頭を下げた。

「……姉様。ご無沙汰《ぶさた》しています。当主のお呼びでしたから」

「へぇ……お父様がね。なぁに。離れに向かっているってことは……おばあ様に御用《ごよう》？」

渡り廊下の先には離れしかなく、佳月がそこの主《あるじ》に逢《あ》いに行こうとしていることは、聞かずともわかるはずだ。

わざわざ尋《たず》ねる声には、自分には挨拶《あいさつ》などしようとしなかったくせに……という嫌《いや》みがたっぷりと含《ふく》まれている。

「はい。当主の用はもう済みましたから、ご挨拶とご機嫌伺《きげんうかが》いだけさせていただいてお暇《いとま》します」

佳月はそんな彼女の不満に気づいていながら、相手をするのは面倒《めんどう》だという理由で鈍感《どんかん》なふりをして、聞かれたことに答えた。

「ふん、おばあ様のご迷惑《めいわく》にならないようにねっ」

姉は、そう言い捨ててわざとらしく佳月に肩をぶつけると、お淑《しと》やか……とは言い難《がた》い歩調で廊下を歩いて行った。

もっと、刺々《とげとげ》しく陰湿《いんしつ》な嫌みをぶつけられるかと身構えていたが、この程度で済むとは珍しい。

「今日はご機嫌だった、ってことかな」

ふっと短く息をつくと、止めていた歩みを再開させた。

大伴には三十分と言ってある。無駄《むだ》なことで時間を食いつぶしてしまった。

車寄せで彼を待たせたところで、どうと言うことはないし文句も言われないだろうが、三十分と宣言したからには守ろうという意地がある。

「っ……ダメだ。あの人には、読まれる」

これから逢おうとする人には、ポーカーフェイスなど通用しない。佳月の快も不快も、すべて看破してしまう怖《こわ》い存在だ。

頰《ほお》を両手で叩《たた》いて気合いを入れると、丁寧《ていねい》に磨《みが》き込まれた檜造《ひのきづく》りの渡り廊下をゆっくりと進んだ。

《二》

ひょろりと背の高い建物の、最上階。

このマンションに佳月が居住することが決まってから大掛《おおが》かりな改装がなされた一室は、初めて目にした人がたいてい息を呑《の》んで言葉を失う、特殊《とくしゅ》な構造だ。

八畳《じょう》ほどのコンパクトな小部屋だけれど、外壁《がいへき》に当たる窓の部分すべてと天井《てんじょう》が、水族館の大型水槽《すいそう》にも使われる透明度の高い特注の強化アクリルパネルになっており、壁や天井のない空間に突然放《とつぜんほう》り出されてしまったような錯覚《さっかく》に襲《おそ》われる。

毎度のことながら、この部屋に一歩足を踏《ふ》み入れた途端に奇妙《きみょう》な心地《ここち》になる。

「……高所恐怖症《きょうふしょう》の人間は、絶対に入れない部屋だな」

今夜も、決まり文句のようにいつもと同じ独り言を零《こぼ》してしまった。

佳月がこの部屋に入るのは一、二ヵ月に一度だが、大伴が手配する高所専門の清掃《せいそう》業者によって手入れがされている透明の天井や壁は、目につく汚《よご》れはもちろん一点の曇《くも》りさえないよう磨き上げられている。

見上げた夜空には雲一つなく、見事な満月が照らしている。

近隣《きんりん》にはこのマンションより高い建物がなくて、ここが最上階に位置することもあり……まるでぽつんと空に浮かんでいるみたいだ、この部屋にはもともと照明器具が設置されていないけれど、頭上から降りそそぐ月明かりと燭台《しょくだい》に立てた蠟燭《ろうそく》の灯で充分《じゅうぶん》に事足りる。

天井からは幅《はば》三メートルほどの簾《すだれ》が垂らされており、向こう側から佳月のいる場所は見えないように隔《へだ》たれている。

「……かぐや」

その簾越《すだれご》しに大伴の声に呼びかけられて、佳月は夜空を仰《あお》いでいた顔を戻《もど》した。

ここでの佳月の呼び名は、『かぐや』。大伴は呼び名だけでなく、態度まで見事なほど使い分けている。

ただの大学生である佳月に対しては、下手《したて》に出ているようでいて慇懃《いんぎん》無礼としか言いようのない言動だが、『かぐや』には恭《うやうや》しいばかりだ。あまりの変わり身に初めは戸惑《とまど》うばかりだった佳月も、もう慣れた。

「そろそろ、客人をお通ししてもよろしいでしょうか」

「ああ」

佳月が短く答えると、「では、こちらに」と今夜の『客』である依頼者を促《うなが》す声が続く。

現在では数少ない職人の手によって微細《びさい》に織り込まれた細かな目の掛《か》け簾は、御簾《みす》と呼ばれてかつての大名や公家《くげ》が目隠《めかく》しに用いたと言われているままに、佳月の姿をほぼ完全に隠しているはずだ。

さて、今夜の『客』は老若男女《ろうにゃくなんにょ》どのタイプか……と気配を探《さぐ》る間もなく、低い男の声が簾越しに耳に飛び込んできた。

「うわ、なんだこりゃ。天井や壁《かべ》がない……んじゃなくて、透明《とうめい》か？　すげ……展望台並みの眺《なが》めだな。望遠鏡でも持ってくればよかったか」

それは、これまでこの部屋を訪《おとず》れたことのある依頼《いらい》者としては前例のない、あまりにも緊張《きんちょう》感《かん》のない声と台詞《せりふ》だ。

大企業《だいきぎょう》のトップでも、国政に関《かか》わる重鎮《じゅうちん》でも、たいていはこの部屋に漂《ただよ》う独特の空気に圧されて息を呑む。

なのに……予想もしていなかった依頼者の様子に、呆気《あっけ》にとられてしまった。

常に平静を心がけているつもりの佳月も、珍しくポカンとした顔になっているはずだが、幸いにも簾が隠《かく》してくれている。

「コホン」

大伴がわざとらしく咳払《せきばら》いをしたことで、その依頼者は場にそぐわない発言だと察したのだろう。

「あ、悪い。えーと……かぐやサン？　よろしく」

簾越しのとてつもなく軽い挨拶に、佳月は一言も言い返すことができなくて、眉《まゆ》を顰《ひそ》めて唇《くちびる》を引き結ぶ。

なんなんだ、この男。

これまで、一度も接したことのない類《たぐ》いの『客』だ。

自分に関することの、すべての決定権を握《にぎ》る当主が許したからここにいるのだと思うが、本当にこの男を『観《み》る』のか？

簾の隙間《すきま》越《ご》しに大伴を窺《うかが》うと、スーツ姿の男を定位置に促すところだった。

「事前に説明した通り、こちらに横になってお休みになってください。窮屈《きゅうくつ》でしたら、お召《め》し物は寛《くつろ》げていただいても結構です。ああ……まずはそこの手水《ちょうず》で手を清めて、お神酒《みき》を含んでください。湯呑《ゆの》みの薬湯は、入眠《にゅうみん》直前に」

「了解《りょうかい》しました。そうそう、ちゃんと風呂《ふろ》も済ませてますからご心配なく。昨日から動物にも接していませんし、厳禁だと言われているセックスもしていない。穢《けが》れは、一切《いっさい》持ち込んでいません」

事前に伝えられている注意事項《じこう》を厳守していると語る口調は、それでもやはり……どことなく軽い。

大伴も同じように感じているはずだが、嘆息《たんそく》一つで男の言葉を受け止めた。

「……申告《しんこく》を信じましょう。それでは、『かぐや』。私はこれで失礼します。なにか不測の事態が起こりましたら、お知らせください」

簾越しにこちらに向かって深々と頭を下げた大伴は、静かに扉《とびら》を閉めて部屋を出て行った。

控《ひか》えの間となっている隣室《りんしつ》で、朝まで待機するのだ。

朝陽《あさひ》が昇《のぼ》る頃《ころ》にこの部屋の扉を開き、佳月が……『かぐや』が観たものを大伴に告げ、彼から依頼者に伝える。

朝まで、この密室で依頼者と二人きりになるのだが、不測の事態の際は枕元《まくらもと》にある非常用無線機器のボタンを押せば隣室の大伴へと通報できるようになっている。

サイズは手のひらに収まる小型のものでも、佳月してみれば大袈裟《おおげさ》な通報システムはこれまで一度も用を成していないので、スイッチを押したところで本当に大伴が駆《か》けつけるかどうかはわからないが。

大伴が部屋を出て男と二人きりになると、沈黙《ちんもく》が漂った。

所在なさそうに立っていた男は、ぼんやり突《つ》っ立っていてもどうにもならないと思ったのか、ぶつぶつ独り言を零《こぼ》しながら大伴の言い残した手順に従う。

「えーと、この水で手を洗って……お神酒？　ああ……この酒か」

微《かす》かな水音の後、手に取った漆塗《うるしぬ》りの杯《さかずき》のお神酒を……一気飲みしたのがわかった。

しかも、

「すげ……メチャクチャいい酒だな」

と、やはり緊張感のない感想を零す。

あまりにも大胆《だいたん》というか豪快《ごうかい》な様子に、うっかり笑いそうになってしまった佳月は、慌《あわ》てて自分の手で口を塞《ふさ》いだ。

簾越しの影《かげ》だけでもわかる、大柄《おおがら》な男。声の感じから、三十三歳の大伴とさほど変わらない年齢《ねんれい》……三十歳前後だろうと予想がつくけれど、まるで子供みたいだ。

先入観が『観る』ための妨《さまた》げとなってはいけないからと、佳月は事前に依頼者の情報を一切聞かされていない。

この男がどんな人物なのか、名前も年齢も職業も、なに一つ知らない。それだけに、場の空気さえ変えてしまいそうな男の存在は、鮮烈《せんれつ》だった。

「あのさ、さっきの……大伴さんだっけ、に簡単な説明を聞かされたんだけど……あんたと手を繋《つな》いで寝《ね》るって、マジで？」

怪訝《けげん》そうな声で投げかけられた不躾《ぶしつけ》な質問に、無言でうなずき……簾のせいで見えないかと、小声で「そうです」と返す。

男は、

「あ、返事があった。あんまり浮世離《うきよばな》れした空間だから、そっちに人形でも置かれてるんじゃないかってちょっと疑ってた。ふーん……それで、本当に予言ができるわけ？」

半信半疑であることを隠そうともせずに、ずけずけと質問を重ねる。

こんなふうに、疑われることには慣れている。

ここで行われる大袈裟とも言える仰々《ぎょうぎょう》しい儀式《ぎしき》と、それによって導き出される『月の恩恵《おんけい》』を、最初から百パーセント信じている人のほうが少ない。

「俺さ、神も仏もまったく信じていないいんだけど。科学的な根拠《こんきょ》が示されるものか、自分の目で見たものしか現実とは捉《とら》えられん」

「それは当然ですね」

佳月も、それには同意だ。

超常《ちょうじょう》現象だとか、心霊《しんれい》現象だとか……いろいろ言われているけれど、世の中には人の手で創作することのできる不思議が無数にある。静止画のみならず、コンピューターグラフィックスによって映像の加工も容易だ。

佳月が『観る』ことができるのは、この男が口にしたような『予言』ではないけれど、似たようなもので……今すぐ信憑性《しんぴょうせい》を証明しろと言われても不可能だ。

信じていないと言われても、反論することも不快感を示すこともなく気負いなく答えたせいか、男は少しだけ意外そうな声で「へぇ？」とつぶやいた。

「俺を信じさせる自信がある、ってことか？」

頭の回転は鈍《にぶ》くないらしい。佳月が悠々《ゆうゆう》と構えている理由をそう読み解いて、どっかりと座り込む。

「イメクラかよ、って感じだけどなぁ……。それにしちゃ手が込んでるシチュエーションだし、調度品なんかも上等か。こんな優雅《ゆうが》な場所で、寝てられる状況《じょうきょう》じゃないんだけど……上の言いつけだから仕方ない。さっさと済ませてくれ」

断れない誰《だれ》かに言いつけられて、本人は信じていないのに仕方なくここに来た……と。

佳月は男のボヤキ口調と態度からそう推測して、「お気の毒に」と心の中でつぶやき、苦笑《くしょう》を滲《にじ》ませた。

イメクラがどういうものかはわからないが、現況《げんきょう》が彼にとって不本意であることは、ひしひしと伝わってくる。

依頼者がどんなつもりでも、佳月には関係ない。自分はただ、与《あた》えられた役割を果たすのみだ。

「大伴から、説明を受けていますね？　過去でしたら確定されていますので、百パーセント確実に観えます。ただ、あなたにご依頼いただいた『観る』ものは、未来です。不確定な未来は、あくまでも『可能性』であることをご了承《りょうしょう》下さい。明日のことならほぼ確実でも、遠い未来であればあるほど不確かな可能性です」

「ああ……なるほど。そうやって予防線を張っていたら、外れていても、言い逃《のが》れができるもんな」

男は、皮肉をたっぷりと含《ふく》ませた声でそう言って、ククッと低く笑った。

自分を信じていない相手からの、この手の嫌《いや》みには慣れているので、佳月は聞き流して言葉を続ける。

「それと、私の助言によって運命は変えられるかもしれませんが、寿命《じゅみょう》だけは変えられませんので悪《あ》しからず。たとえば、私が生命の危機に関する場面を『観た』とします。そのことについては、回避《かいひ》行動を取れるかもしれません。でも、定められた寿命がそこまでだとしたら……意味はおわかりですね」

あえてそのものズバリを告げることなく、男にその『意味』の判断を委《ゆだ》ねる。

少しだけ考えるような間があり、やはり緊張感の薄《うす》い軽い調子で言い返してきた。

「あー……はいはい。直接的な原因はソレでなくても、結局死んじまうってことか。なんか、そういう映画があったなぁ。で、あんたには一回きりしか観えないって？」

「内容に納得《なっとく》していただけなくても、私の『観た』ものがお望みの結果ではなくても……特例を除いて、二度目はお断りしています。それに、何度『観て』も結果は同じことですから、その必要もありません」

「ふーん……複数回観えないとは、言わねぇんだな」

「…………」

意外と鋭《するど》い追究《ついきゅう》を黙殺《もくさつ》する。

一度きりしか『観ない』のは、依頼《いらい》者すべてに告げていることだ。

事あるごとに助言を求められるようになったりして、必要以上に依存《いそん》されるのも迷惑《めいわく》だし、過去には権力や金銭で自分だけを『観ろ』と監禁《かんきん》状態に置かれた上に強要された『かぐや』もいたらしい。

数代前からは、自衛のため『一度しか観えない』ことにしているけれど、実際は複数回『観る』ことも可能だ。

「じゃあさ」

更《さら》に雑談を続けようとする男に、佳月は嘆息して軽口を遮《さえぎ》った。

「失礼ですが、私の役目はあなたのご依頼を果たすことのみです。時間は、無限に存在するわけではありません。……そちらの薬湯をお飲みになってください。そして、私が『観る』べき事柄《ことがら》を教えてください」

意図して淡々《たんたん》とした硬《かた》い声色《こわいろ》で語り、雑談に興じるつもりはないと示唆《しさ》する。男はピタリと口を噤《つぐ》み、仕方なさそうに「わかった」とつぶやいた。

簾《すだれ》の向こうの影が動き、指示した通りに男が薬湯を飲み干す。ようやく小部屋に静けさと緊《きん》張感《ちょうかん》が戻《もど》ってきて、ホッとした。

物怖《ものお》じしないというか、無遠慮《ぶえんりょ》というか……こんな依頼者は初めてだ。たいていはこの空間と『かぐや』の発する雰囲気《ふんいき》に気圧《けお》されて、初めは無駄口《むだぐち》を叩《たた》いていた人間でも十分もしないうちに押し黙《だま》る。

この男につられて、うっかりペースを乱されそうになってしまった。

「飲んだぞ。しっかし、メチャクチャに青臭《あおくさ》いっつーか……マズいな。なんだ、これ」

「漢方の一種です。ハーブティーと言ったほうがわかりやすいかもしれませんが。鎮静《ちんせい》と、睡《すい》眠《みん》導入の効果がありますので……床《とこ》に横になってください。そして、手を」

簾を挟《はさ》んで、二人の寝床が用意されている。

満月の光を浴びながら、手を触《ふ》れ合わせて眠《ねむ》ることによって、佳月は……『かぐや』は、相手の運命を『観《み》る』ことができるのだ。

深く意識を侵食《しんしょく》して支配することで、『かぐや』が観る相手は、朝陽《あさひ》を浴びるまで目覚めることがない。

満月の加護を受ける月光の下の『かぐや』は、絶対的な支配者だ。

「それでは、これからあなたも私も眠りに落ちますが……『観月』に入る前に、一つだけお願いがあります。漠然《ばくぜん》と『観る』には取り込む情報が膨大《ぼうだい》すぎるため、一晩ではすべてを『観る』ことはできませんし、私が『観た』ものから、どれをあなたにお伝えしなければならないのかわかりません。目的を仰《おっしゃ》ってください。知りたいことの年月日でも、どちらを選ぶべきか迷っていることがあるようでしたら、その選択肢《せんたくし》でも。私に示すものが具体的であればあるほど、『観える』ものは確実で、よりよき道へと導くことができます」

自分がなにを観なければならないのか、知らなければ結果を伝えようがない。

「脱《ぬ》いでいいって言ってたな。スーツなんか着慣れねぇから、助かる。ネクタイも、息苦しいなぁ」

スーツの上着を脱いでネクタイを抜《ぬ》き取ったのか、かすかな衣擦《きぬず》れの音が簾の向こうから聞こえてきた。

さほど待つことなく、簾の下から投げやりな仕草で大きな手が差し出される。

「ヒントを寄越《よこ》せってことか。そうだなぁ……『月に関すること』だ。この一、二ヵ月以内に、俺が探しているモノの在り処《か》を教えてくれ。そいつが見つからんことには、仕事にならん」

その口調は、抑揚《よくよう》のあまりない静かなもので……だから、この男がなんのつもりでそんな言い方をしたのか読むのは困難だった。

曖昧《あいまい》な目的を告げ、『かぐや』の能力を試《ため》そうという気か。それとも、『月』云々《うんぬん》と口にして、からかっているのか。

佳月は、ムッとした自分に「感情を抑《おさ》えろ」と言い聞かせて、淡々と返事をする。

「……わかりました。では、眠りに落ちる寸前まで、その探し物に関することを頭に描《えが》いておいてください」

挑発《ちょうはつ》に乗ってしまったら、この男を面白《おもしろ》がらせるだけだ。自分は、与えられた仕事をこなせばそれでいい。

ざわつきそうになる心をなんとか抑え、深い呼吸で凪《なぎ》を保ち……寝床に身を横たえる。

簾の下から突《つ》き出された大きな手に、そろりと自分の手を重ねた。

当然だが、体温……手の温度は人によって異なる。

この男は、言動そのままの子供のような体温の高さで、つい唇《くちびる》が綻《ほころ》びそうになるのをなんとか堪《こら》えた。

シン……と静かな空間で、呼吸を整える。透明《とうめい》な天井《てんじょう》の向こう、夜空に浮《う》かぶ満月を凝視《ぎょうし》して全身で月光を浴びた。

この満月の光が、佳月に特別な力を与える。

それが、『かぐや』と呼ばれる所以《ゆえん》だ。

隣《となり》の男も、佳月と同じものを目に映しているはず……と左手のぬくもりを意識した瞬間《しゅんかん》、まるでそれが伝わったかのように男の声が聞こえてきた。

「妙《みょう》な感じだなぁ。顔も知らない他人と、手を繋《つな》いで寝《ね》る……って。なぁ、あんたもそう思わないか？」

話しかけられても、無言で聞き流す。

佳月にとって、素性《すじょう》どころか顔も知らない他人と手を繋いで眠るのに、特別な感慨《かんがい》はない。これは、ただの作業だ。他人の手というより、『観る』のに必要な媒体《ばいたい》であり……無機質な道具くらいにしか思わない。

これまでは、相手が誰《だれ》であってもそんなふうに受け流せていた。

今も、そうでなければならない。触れた手から伝わってくるこの無礼な男のぬくもりなど、感じるな……。

いつになく纏《まと》わりつく雑念を、必死で振《ふ》り払《はら》おうとしている佳月など知る由《よし》もなく、男はのんびりと言葉を続ける。

「なにもせず、ぼーっと夜空を眺《なが》めるのなんか、どれくらいぶりだろ。都心でも、こんなに星や月が綺麗《きれい》に見えるんだなぁ」

「…………」

そう経《た》たないうちに、薬湯の作用で眠気が襲《おそ》うはずだ。この男が眠ってしまえば、手を触れ合わせている佳月も眠りへと誘導《ゆうどう》される。

早く眠ってしまえ。

早く……早く、と急《せ》かしていても、男はなかなか眠りに落ちそうにない。相変わらず話しかけてくる声にも、眠そうな気配は皆無《かいむ》だ。

「チラッと耳にした噂《うわさ》だけど、『かぐや』って絶世の美女って言われてるんだってな。でも、あんたの声は……涼《すず》しげで細い感じだけど、男だよな？」

そう言いながらギュッと佳月の手を握《にぎ》る手に力を込められて、肩《かた》を強張《こわば》らせてしまった。

年齢《ねんれい》も性別も非公表で、正体不明の『かぐや』について、存在を知る一部で憶測《おくそく》や願望混じりに語られていることは漏《も》れ聞こえてくる。

目が眩《くら》むほどの絶世の美女だから、姿を見せないのだとか……神秘性を高めるものについては、仲介《ちゅうかい》をする当主があえて肯定《こうてい》も否定もせずにいることで、ますます期待を持たせている。

先代から自分に代替《だいが》わりした際も、「あれ？　結構なお年って噂だったけど若いか？」と不思議そうに言われたが、すべて黙殺してきた。

ここは、訪《おとず》れる依頼者にとって非日常の空間だ。お神酒《みき》と薬湯の相乗効果、『かぐや』に深層心理を探《さぐ》られることによって意識が混濁《こんだく》し、『観月』を終えてここを去る時には曖昧な記憶《きおく》ばかりが残るはずだ。

大伴を通して『観月』の結果を伝えられ、やがてそれが紛《まぎ》れもない事実だと自身で知る頃《ころ》には、夢の中の出来事のように記憶がぼやける。

そうしてすべてを曖昧にすることによって、神秘性と秘匿性《ひとくせい》を保ってきたし、『かぐや』の身の安全も確保されてきた。

この男のように、床について十分……十五分近くが経過しても意識が鮮明《せんめい》なままの依頼者は、これまでにいなかった。

……どうしよう。強制的に眠らせる術《すべ》など知らない。

「あー……退屈《たいくつ》で死にそうだ。なんか、寝るためのお膳立《ぜんだ》てをされればされるほど、目が冴《さ》えてきたぞ。絶対に寝られない自信があるから、話し相手になれよ」

男はハッキリとした口調でそんなことを言いながら、再び佳月の手をギュッと握る。

動揺《どうよう》を悟《さと》られるわけにはいかない。平静を装《よそお》うためにも振り解《ほど》くことはできなくて、小さな声で言い返す。

「……お神酒と薬湯の効果で、しばらく目を閉じていれば眠れるはずですので」

「それが、無理だって言ってんだよ。二徹《てつ》や三徹もザラで、普段《ふだん》から簡単に寝られねぇんだ。ここに来る直前まで仕事をしてたから、尚更《なおさら》……交感神経と副交感神経の切り替《か》えが簡単にできそうにねーな。無理。寝られん」

そんなふうに断言して、簾の向こうで勢いよく身体《からだ》を起こすのがわかった。

繋いだ手が放された直後、

「コイツが邪魔《じゃま》なんだよな」

簾越《すだれご》しに、そんなつぶやきが聞こえてくる。まさか……と身構える余裕《よゆう》もなく、無遠慮かつ大胆《だいたん》に簾を捲《まく》り上げられる。

驚《おどろ》いて身体を起こす間もなく、大きな影《かげ》が侵入《しんにゅう》してきた。

「……っ」

声も出せずに硬直《こうちょく》している佳月を、淡《あわ》い蠟燭《ろうそく》の光に照らされて大きな黒い影のように見える男が、無言で見下ろしている。

あまりの不意打ちに全身が硬直してしまい、大伴を呼ぶことのできる非常用ボタンの存在も思考から吹《ふ》き飛んでいた。もし思いついたとしても、強張った手を伸《の》ばすことはできなかったはずだが。

佳月は、床《とこ》に肘《ひじ》をついてわずかに上半身を起こした状態で、震《ふる》えそうになる唇をキュッと引き結んだ。

燭台《しょくだい》を背にしていることで逆光となり、黒い人影《ひとかげ》としか目に映らない自分とは違《ちが》い、男は蠟燭に照らされた佳月の様子が見て取れるのだろう。

「心配しなくても、この部屋に入る前に入念なボディチェックを受けてるから、凶器《きょうき》の類《たぐ》いは一切《いっさい》持ち込んでないぞ。あと、スマホやらも取り上げられてるから、盗撮《とうさつ》なんかもできねーし。怖《こわ》がらなくてもいい」

そう口にして、佳月から少し距離《きょり》を置いた場所に座り込んだ。

ようやく硬直が解けた佳月は、視界の端《はし》に男の姿を捉《とら》えつつ中途半端《ちゅうとはんぱ》だった体勢から身体を起こす。

うつむいていても、男からの視線を感じる。

さっきまでは無駄《むだ》に饒舌《じょうぜつ》だったくせに、無言で見続けられ……居《い》心地《ごこち》の悪さに息が詰《つ》まりそうだった。

でも、この男に怯《おび》えて、声を出すこともできず身を縮めているのだと思われるのは癪《しゃく》だ。

「っ……」

睨《にら》みつけてやろうと、拳《こぶし》を握って顔を上げる。

逆光で、影にしか見えなかった先ほどとは違い、今度は蠟燭の仄《ほの》かな灯《あか》りの中でも男の姿を捉えることができた。

手の大きさや言動から予想はついていたけれど、豪胆《ごうたん》な空気を纏《まと》った迫力《はくりょく》のある大柄《おおがら》な男だ。身長は百七十センチそこそこあっても、骨格や骨自体が細いせいで実際より小柄《こがら》に見られがちな貧弱な外見の自分とは違い、白いシャツ越しでも頑健《がんけん》な体躯《たいく》であることが見て取れる。

同性として羨《うらや》むばかりの体軀だが、この無礼な男にそう感じてしまうこと自体が悔《くや》しい。

恐《おそ》る恐る目にした容貌《ようぼう》は意外にも理知的な雰囲気《ふんいき》の端整《たんせい》なもので、こちらを見ている眼差《まなざ》しからも粗暴《そぼう》な印象は受けない。簾を強引《ごういん》にくぐってきたことや、子供じみた言葉の数々とのギャップに戸惑《とまど》うばかりだ。

声から推測したよりも、きっと少し若い……二十代の後半くらいか。

「かぐや?」

視線の絡《から》んだ佳月に一言だけ零《こぼ》すと、真顔でマジマジと見つめ返してきた。あまりにも真っ直《す》ぐに目を合わせるせいで、佳月のほうから視線を逃《に》がすことができない。

どう言えばいいのだろう。この男は、独特のオーラを持っている。

整った顔をしていてもモデル級の突出《とっしゅつ》した美形とは言えないし、どこが特別変わっているというわけでもないのに、人を惹《ひ》きつける華《はな》のようなものがあるのか……目を奪《うば》われる。

よくわからないまま目を逸《そ》らすことのできない佳月を、男のほうも食い入るように見据《みす》えて

いた。

そうして、視線を絡ませたまま奇妙《きみょう》な沈黙《ちんもく》がどれくらい続いただろうか。息苦しくなるほどの静寂《せいじゃく》と緊張感《きんちょうかん》を破ったのは、嘆息《たんそく》した男だった。

「……驚いた。男……だよな。美形って噂は聞いていたが……」

言葉尻《ことばじり》を濁《にご》した男は、眩《まぶ》しい物を見るようにほんの少し目を細めて、不思議そうに佳月を凝《ぎょう》視《し》する。

普段の佳月とは違い、『かぐや』は伝承の『かぐや姫《ひめ》』と同じく……老若男女《ろうにゃくなんにょ》問わず、否応《いやおう》もなく目を惹きつけられる魅惑的《みわくてき》な存在になる……らしい。

そのことは、知識としては持っていたつもりだ。ただ、自分自身では確かめようがないことなので、陶酔《とうすい》したように見詰《みつ》めてくる目には戸惑う。

確かに、大伴は『かぐや』に心酔《しんすい》していると言ってもいいほど恭《うやうや》しく接してくるが、箍のない状態で依頼《いらい》者と面したことのない佳月は、大伴以外の人間が『かぐや』に魂《たましい》を奪われたようになる姿を初めて見た。

……怖い。この男が、ではなく……自分が、いや……人心を惑《まど》わす『かぐや』が。

佳月の怯えが伝わったわけではないだろうが、男は唐突《とうとつ》に我に返ったように軽く頭《かぶり》を振り、自嘲《じちょう》するような苦笑《くしょう》を滲《にじ》ませた。

「っと、悪い。不躾《ぶしつけ》に見たりして」

「あ……いえ」

なに？　自我を取り戻《もど》した？

よほど自制心が強いのか、すっかり空気の質が変わっている。

豪快《ごうかい》なのは、元からの気質なのだろう。佳月の顔を覗《のぞ》き込むようにして、からかうような口調で話しかけてきた。

「うーん、美少年ってヤツだな。残念ながら期待した絶世の美女じゃないけど、作り物じみた美形には変わりないか。冗談《じょうだん》かと思うくらい好みだな」

この男が、なにを考えているのか……次にどんな行動に出るのか、わからない。

唇《くちびる》を引き結んで男を見ている佳月は、きっと全身に警戒《けいかい》を張り巡《めぐ》らせている。当然、すぐ近くにいる男にはそれが伝わっているのだろう。

「強引に乗り込むみたいなことをしておいて、説得力はないだろうが……ハリネズミみたいにトゲトゲしなくても、不埒《ふらち》なことをしでかす気はないぞ。これ以上、あんたに接近しないから怖い顔で睨むな。せっかくキレーな顔なのに、もったいない」

どこまで本気で言っているのか、笑いながらの台詞《せりふ》から読むことはできない。

でも、これ以上接近しないという言葉に嘘《うそ》はないらしく、胡坐《あぐら》をかいて動く気配はない。

「ああ……俺は、藤原《ふじわら》っていうんだ。藤原、陽弦《ひづる》。太陽の陽と、弦……こういう字だ。あとは、あー……よくオッサン扱《あつか》いされるが、一応まだ二十八だからな」

自分の手のひらに漢字を書いて佳月に見せながら自己紹介《しょうかい》をすると、「かぐやも、二十代にしては老《ふ》けてるって思うだろ？」と苦笑する。

……変な男だ。

そう頭に浮《う》かんだと同時に、ふっと唇が緩《ゆる》んでしまった。藤原と名乗った男に目敏《めざと》く見られてしまい、

「っと……笑ったか？　いいな。せっかく美人なんだからもっと笑え」

自分の唇の端を左右に引っ張りながら、「ほらほら」と促《うなが》される。

天邪鬼《あまのじゃく》と言われるかもしれないが、そんなふうにされると笑顔《えがお》など見せるものか、という頑《かたく》なな気分になる。

奥歯を噛《か》んで顔を背《そむ》けた佳月に、藤原は「おや、残念」と軽い口調でつぶやいた。

「しっかし、ホントに綺麗《きれい》だなぁ。真っ白な着物のせいもあるだろうけど、月の光を吸い込んで全身がぼんやりと光っているみたいだ。夜光虫とか、ホタルイカとか、発光するクラゲとか……知ってるか？　あんな感じだ」

佳月の全身をじっくりと見ながら、これまでのややふざけた言い方ではなく、静かに口にする。

それでも答えずにいると、これ以上近づかないと言ったラインをほんの少し越《こ》えて、佳月に顔を寄せた。

「ッ……」

息を呑《の》み、寄られたのと同じだけ身を退《ひ》くと、藤原は居住まいを正して「ククク」と肩《かた》を震わせる。

どうやら、からかわれただけのようだ。悪趣味《あくしゅみ》な。

「クールで、ポーカーフェイスを意識してるみたいだが……わりと素直《すなお》に顔に出るな。大伴さんには、事前に『かぐやに不敬を働いたら恐ろしい災《わざわ》いが降りかかる』なんて、おっかない顔で脅《おど》されていたけど、これも不敬ってやつか？」

藤原の言葉に、佳月は内心「なるほど」とつぶやいた。これまでの依頼者たちが、胡散臭《うさんくさ》そうにしながら『かぐや』の領域に無理に入ろうとか、強引に簾《すだれ》を捲《まく》り上げようとしなかった理由がなんとなくわかった。

事前に、大伴が五寸釘《ごすんくぎ》並みに太い釘を刺《さ》していたせいらしい。

それをあっさりと無視した藤原は、よく言えば好奇心《こうきしん》の塊《かたまり》……きっと実際は、怖いもの知らずな無礼者に違いない。

「異様なほど過保護って感じだった、あの大伴さんがすっ飛んでこないってことは、『かぐや』も心底拒絶《きょぜつ》しているわけじゃないだろ？　暇《ひま》で死にそうだ……なんて贅沢《ぜいたく》なことを言いたくないが、朝までここから出られないなら時間つぶしにつき合ってくれ」

「…………」

佳月は無言を貫《つらぬ》こうと態度で示しているつもりなのに、藤原は無視されても怯《ひる》むことなくマイペースで話を続ける。

「かぐや……が本名じゃないよな。いくつだ？　二十歳《はたち》を超えていても、一つ二つってとこだろ。二十歳……になっていない可能性もあるか。男くさくねぇし」

無視だ、無視。少しでも反応したら、間違《まちが》いなく調子に乗らせてしまう。

藤原から顔を背けて夜空を見ていると、スッと空気が動いた。

「さっき、チラッと見えて……ちょっと気になっていたんだけど、左手首の内側に変わった痣《あざ》があるよな？　三日月形で、青いやつ」

「っ！」

左手首に現れる、青い三日月形の痣。

それこそが、佳月が『かぐや』である印だ。

見られたところで、なにか問題があるわけではない。ただ、特殊《とくしゅ》な痣は印象的だろう。朝になり、ここを出ても藤原の意識に留《とど》まる可能性が高い。

無反応を貫けなくなってしまい、咄嗟《とっさ》に右手で左手首を握《にぎ》って痣を隠《かく》した。

そんな佳月の仕草を気に留めていないのか、藤原はこれまでと変わらない調子で話し続ける。

「普段《ふだん》の俺には無縁《むえん》な言葉だけど……神秘的、ってやつか。この部屋も……『かぐや』も、なにもかも非日常で、妙《みょう》な感じだ。まぁ、なにより未来だか運命が『観《み》える』っていうことが、まず非現実的だが」

非日常だとか、非現実的だとか、それには佳月自身も同意する。

この部屋で『かぐや』になっているあいだは、普段の佳月の自我がぼんやりとしていて、自分ではないみたいなのだ。

「私のところへ『観月』にいらしていながら、やはり信じてはいないようですね」

誰《だれ》か、断ることの困難な人物に言いつけられて『かぐや』に観られにきた。

それも、これまでに前例のないことで好奇心が刺激《しげき》される。

たいていは、『かぐや』の噂《うわさ》を聞きつけた権力者やら富豪《ふごう》やらが、なんとか仲介者《ちゅうかいしゃ》を辿《たど》り……本人が望んで、『観月』にやって来る。

依頼を、すべて受け入れるわけではない。当主の厳格な審査《しんさ》を経て、許された人物だけが『かぐや』の恩恵《おんけい》に浴することができる。

佳月が素性《すじょう》を知らない藤原は、当主が身元を含《ふく》めて総合的に判断した結果、『観月』の必要性があると認めた人物ということだ。

この男を、『観る』ことができたら、なにが観える？　本人が乗り気ではないのに、観なければならないものとは……なんだろう？

「私の……『かぐや』の能力の証明を、したいです。眠《ねむ》ってくれませんか」

これまでになく、依頼者に対して興味を惹《ひ》かれているという自覚のないまま、佳月は藤原を見上げた。

「だから、寝《ね》られそうにないんだって。あんたが優《やさ》しく子守唄《こもりうた》を歌ってくれるなら、寝られるかもしれんが」

「……子守唄？」

困った。子守唄など、よく知らない。

母親が歌ってくれたという記憶《きおく》もないし……。

困惑《こんわく》した佳月が目を泳がせていると、藤原が「ははは っ」と笑い声を上げた。

「冗談なんだから、本気で困った顔をするなよ。お高く取り澄《す》ましたクールビューティーかと思っていたら、カワイイじゃねーか」

カワイイなどと言われたのは、初めてだ。どんな顔をすればいいのかわからなくて、密《ひそ》やかに眉《まゆ》を顰《ひそ》めた。

「嫌《いや》そうな顔もいいな。ツンとした顔より、ずっと魅力的《みりょくてき》だ」

わずかだったはずの表情の変化までしっかり目に留められてしまい、クスリと笑われてしまう。

ダメだ。このままでは、この男の妙なペースに巻き込まれるままになってしまう。

「このところ、座って飯も食えないくらいバタついていたからな。ちょうどいい休憩《きゅうけい》をさせてもらったと思おう。眺《なが》めのいい場所で、好みの美人と一夜を過ごす……って、よく考えたら最高の贅沢だな」

自分の言葉に、「うん」と納得《なっとく》したようにうなずいた藤原は、先ほどまで佳月が横になっていた寝床《ねどこ》に転がった。

図々《ずうずう》しくも、手足を投げ出して大の字になって天井《てんじょう》を見上げる。

「……肝《きも》が据《す》わっていると言われませんか？」

「ああ……神経が図太い、ってな。よく言われる」

佳月が口にした遠回しな嫌《いや》みに、そのものズバリの言葉で返してくる。皮肉が通じなさそうな相手に、もうなにも言えなくなってしまい、そっとため息をついた。

「かぐやも、横になれば？　腕枕《うでまくら》、してやろっか」

「遠慮《えんりょ》します」

微笑《びしょう》を浮《う》かべた藤原に手招きされた佳月は、短く答えると、ふいっと顔を背けて拒絶を示した。

なにが楽しいのか、「ククッ」と低く笑う気配が伝わってくる。

「すげーな。兎《うさぎ》が餅《もち》つきしてる影《かげ》まで、ハッキリ見える」

「……そのような月齢《げつれい》や気象条件を選んでいますので」

なのに、肝心《かんじん》の依頼《いらい》者は佳月に仕事をさせてくれそうにない。

何度目か数え切れなくなった吐息《といき》をついた佳月は、膝《ひざ》を抱《かか》えて座った状態で頭上を振《ふ》り仰《あお》いだ。

こうして、ただ満月を見上げて月光を浴びていると、不思議な気分になる。

郷愁《きょうしゅう》に近い切なさが胸の奥深くから沸《わ》き起こるのは、この身にわずかながらでも流れているという『かぐや姫』の血のせいだろうか。

藤原はもうなにも話しかけてこようとせず、無言だ。ただ、横顔に視線を感じていて……必死で、藤原の存在を意識しないように努めた。

こんなふうに、なにをするでもなくぼんやりと『観月の夜』を過ごすのは、初めてだった。

《三》

不覚。

そんな一言で済ますことのできない事態だけれど、佳月はそれ以外に現状を表す言葉を知らない。

寝床に座した佳月の脇《わき》に立ち、難しい顔で黙《だま》り込んでいる大伴を、チラリと見上げた。

「なんで、観えなかったのか……おれにも、わかんないけど。眠りのタイミングが合わなかったのかもしれない」

ハッキリとした原因は不明だが、今回の依頼者は何故《なぜ》か観えなかったのだ、と。おずおずと口にした佳月に、大伴は険しい表情のまま嘆息《たんそく》する。

「わかりました。そのようなこともあるでしょう。では、依頼者には、よければ改めてセッティングをさせてください……とお伝えします。次の満月に、再びいらしてくださるように」

「……ん」

佳月がうなずいたのを確認《かくにん》すると、大伴は観月のための部屋を出て、控《ひか》えの間となっている隣室《りんしつ》で待っているだろう藤原のところへと向かった。

ようやく一人きりになった佳月は、深々とため息をつく。

「あー……なんか、ドッときた」

気を抜《ぬ》くことができて身体《からだ》が軽くなったのではなく、逆にズシリと疲労感《ひろうかん》が伸《の》し掛《か》かってきたみたいだ。

透明《とうめい》の天井からは、朝の光が降り注いでいる。

今はまだ日の出直後でぼんやりとした日射《ひざ》しだけれど、一時間もすれば眩《まぶ》しくてこの部屋にいられない日当たりのよさになる。

「あの人が、うんと言うかな」

どう考えても、『かぐや』の能力を信じていなかった藤原が、再び『観られる』ためにやって来るとは思えない。

でも、やはり眉唾物《まゆつばもの》だったのかと侮《あなど》られるのはごめんだ。

なにより、『観る』ことが今の佳月の存在理由なのだから、きちんと役目を果たせなかったのは屈辱《くつじょく》にも等しい。

過去にも、うまく依頼者との眠りの波長を合わせられなくて、『観月』が成り立たなかったことがある。

だから、今回は稀《まれ》な例だと大伴も含めて納得させられるだろうけど、改めてセッティングされたところできちんと観られるのかと……不安が込み上げてくる。

「信じられないっていうか、あり得ないのは、おれもか」

自分でも、自分のしでかしたことが信じられない。

いくら藤原が無遠慮《ぶえんりょ》で緊張感《きんちょうかん》に欠ける言動の妙な人間でも、それにつられて雑談に応じた挙げ句、俗《ぞく》にいう雑魚寝《ざこね》状態で眠り込んでしまうなど前代未聞《ぜんだいみもん》だ。

寝られないと豪語《ごうご》していた藤原も、自分も……いつ寝入ってしまったのかわからないけれど。

「接触《せっしょく》は……してたのにな。どうして、あの男は観《み》えなかった？」

一番無難で手っ取り早い手段として、手を繋《つな》いで眠るという方法を取ってはいるが、入眠《にゅうみん》の際に接触さえしていたら手に限らなくてもいいはずだ。

朝陽《あさひ》を浴びて目を覚ました時、並んで寝床に転がっていた佳月と藤原の腕は触《ふ》れ合っていたのだから、条件としては成立していて『観えた』はずなのに……大伴に語った通り、なに一つ観えなかった。

観えなかったのは、藤原に関することだけではない。他愛《たわい》ない夢さえ見ることなく、普通《ふつう》に深く眠り込んでしまったのだ。

「……なんなんだよ、あの男。豪快《ごうかい》で大胆《だいたん》なのか、無神経なのか……実はとんでもない大物なのか、ワケわかんないし」

この異常事態の原因を藤原に押しつけて、座り込んだまま両手で頭を抱えた。

唸《うな》っていると、扉《とびら》が開く音がして大伴が戻《もど》ってくる。

慌《あわ》てて抱えていた頭から手を下ろし、身嗜《みだしな》みにうるさい大伴に見咎《みとが》められる前に捲《まく》れ上がっていた袴《はかま》の裾《すそ》を直した。

「依頼者には、後日当主より改めて連絡《れんらく》をする旨《むね》を伝えました。観えなかったことについては、特にお気にされていないようでした」

「ああ……」

不自然さを感づかれたら困るので、大伴と目を合わせることができない。

夜明けを察して目が覚めたと同時に、隣《となり》に寝転《ねころ》がっていた藤原を叩《たた》き起こして簾《すだれ》の向こうに追いやり……大伴が扉をノックしたのはその直後だった。

藤原が簾を捲り上げて『かぐや』の領域に乗り込んできたことや、不必要な雑談で時間を潰《つぶ》したことなど、大伴にはわからないはずだ。

まさか、藤原が逐一《ちくいち》報告するわけもないだろうし……。

「昨夜は、体調でも悪かったのですか？」

「そうじゃない……けど」

じゃあ、何故かと自問しても答えは出そうにない。

佳月自身も困惑《こんわく》していることは、大伴にも見て取れるのだろう。必要以上に追及《ついきゅう》してくることなく、部屋を仕切っていた簾を巻き上げる。

「片づけを致《いた》します。佳月さんは、登校の支度《したく》をなさってください。朝食は、四十分後にダイニングにご用意致しますので」

「うん。シャワー、浴びてくる」

うなずいた佳月は、座り込んでいた寝床からゆっくりと立ち上がり、燭台《しょくだい》を確認している大伴の脇を通り抜ける。

違和感《いわかん》を与《あた》えないようポーカーフェイスを保って、意図的にゆったりとした動きで小部屋を出た。

「変な態度じゃなかったよな？」

月明かり中で映《は》える純白の袴は、太陽の下では眩しすぎる。

腰紐《こしひも》を解《ほど》きながらバスルームに足を向けた佳月は、大伴の後について小部屋を出る直前、こちらを振り向いた藤原の姿を思い起こす。

あの男からは見えないはずなのに、簾越《すだれご》しに佳月へと笑いかけてきた。それも、なんとなく皮肉の滲《にじ》む意味深な笑《え》みだった。

「なんなんだ、本当に……」

なにもかもが予想外で、これまでにないことばかりで……佳月は戸惑《とまど》うしかできない。

佳月をからかうように「せっかく美人なんだから笑えよ」などと軽口を叩く憎《にく》たらしい顔を思い浮かべて、グッと唇《くちびる》を噛《か》み締《し》めた。

次こそ、きちんと『観て』やる。

依頼を果たし、それで終わりだ。

以後、二度と逢《あ》うこともない。藤原陽弦……と、予定外に知ってしまったあの男の名前も、そのうち忘れる。

次の『観月』に最適な満月の日までは、しばし猶予《ゆうよ》がある。

そのあいだに、今度こそあの男の妙《みょう》なペースに巻き込まれないようシミュレーションをして、しっかり対策を練っておこう。

心の中で挽回《ばんかい》を誓《ちか》った佳月は、洗面所の鏡に映る自分を睨《にら》みつけるように、グッと表情を引き締める。

「動揺《どうよう》なんか、してない」

小さなつぶやきを零《こぼ》して自身に言い聞かせると、大きな窓から朝の陽光が差し込むバスルームに入った。

□□□

足早に大学の構内を抜けて、いつもなら大伴が車を停《と》めて待機している地点を素通《すどお》りする。駅の方向へ何歩か歩いたところで、斜《なな》め後ろから声をかけられた。

「竹居、今日はお迎《むか》えこねーの？」

「……ああ」

そう言いながら隣に肩《かた》を並べてきたのは、佳月より上背のある男子学生だ。チラリとだけ目を向けて、無愛想《ぶあいそう》に答える。

それ以上なにを言うでもなく、心持ち歩く速度を速めた佳月は無言の拒絶《きょぜつ》を表しているはずだが……相手は気づいていないのか、わかっていながら素知らぬ顔をしているのか、更《さら》に話しかけてくる。

「一人で大丈夫《だいじょうぶ》か？　あ、駅のとこからタクシーに乗るんだろ」

「そうだな」

それきり口を噤《つぐ》むと、さすがに会話にならないと判断したのか、「またな」とだけ言い残して佳月を追い抜《ぬ》いて行った。

その背中を数秒眺《なが》めて、かすかに眉《まゆ》を顰《ひそ》める。

今のは……誰《だれ》だった？

自分の名前を知っていたということは、必修の少人数科目で机を並べているのか、ゼミが同じか……どこかに接点があるはずだけれど、名前どころか顔も佳月の記憶《きおく》にはない。確かなのは、同じ大学に通っていることくらいか。

「ま、いいか」

憶《おぼ》えていない。思い出せない。つまり、記憶に留める必要のない人間ということだ。

一方的に知られているような状態は気分がいいものではないけれど、珍《めずら》しくはない。自分が学内で浮《う》いた存在であり、他学科の学生たちにまで『時代錯誤《さくご》なお坊《ぼっ》ちゃん』として面白《おもしろ》おかしく語られていることはわかっている。

先ほどの学生の口から出た、駅からタクシーに……という言葉を頭の中で繰《く》り返すと、苦いものが込み上げてくる。

「大伴との会話を聞いてたみたいだな」

通学途中《とちゅう》の車内で、竹居本家の所用で迎えに来られないと告げてきた大伴には、「下校時間に合わせて別の人間に迎えに来させるか、ハイヤーを手配しておきますので」と言われたのだが、佳月はどちらも不要だと断った。

大学を出る時間が正確に読めないし、慣れない人間の運転する車は乗り物酔《よ》いすると言い訳をして、電車を使用すると主張したのだ。

渋《しぶ》る大伴に、それがダメなら歩いて帰ると子供のような駄々《だだ》をこねて、なんとか電車での帰宅を納得《なっとく》させた。

しつこいくらいに、「なにかあればすぐに連絡を」と言い含《ふく》められたのには辟易《へきえき》としたが、駅に向かう佳月の足取りは軽い。

久々に、護衛……いや、監視《かんし》の目がなく、自分の好きなように動くことができる。

「まずは、本屋だな」

普段《ふだん》は、必要な書籍《しょせき》をリストアップすれば数日中に大伴が手配してくれる。

それは確かにありがたいけれど、特に目的なく大型の書店内の棚《たな》をあちこち覗《のぞ》きながら歩くのも楽しい時間だ。

自分の足で書店に立ち寄ることができるのは、どれくらい振《ぶ》りだろう。

書店をうろついた後は、コーヒーショップで変わったフレーバーの飲み物を口にして、コンビニエンスストアにも入ろう。どちらも、大伴には「必要ないはずです」と言われて許されていないので、楽しみだ。

学生たちには浮世離《うきよばな》れしたお坊ちゃまだと揶揄《やゆ》されていても、佳月も十九歳らしい好奇心《こうきしん》を持ち合わせている。常に影《かげ》のようにつきまとう大伴の目から逃《のが》れ、伸《の》び伸びと自分の好きなことができる機会は貴重だ。

そんな佳月の浮かれた気分は、ちょうど夕方のラッシュ時間に差しかかったばかりの電車に揺《ゆ》られて最寄《もよ》り駅のホームに降り立った頃《ころ》には、すっかり殺《そ》がれていた。

久々に乗ったけれど、電車はこれほど窮屈《きゅうくつ》だっただろうか。空気も澱《よど》んでいたし、雑音が多くて……頭の芯《しん》が鈍《にぶ》い痛みを訴《うった》えている。

きっとこれは、乗り物酔いの一歩手前だ。気分が悪い。

なんとか電車を降りて人混《ひとご》みから逃れた佳月は、クラクラする頭を抱《かか》えて、ホームの柱に寄りかかった。

「は―……」

きちんと襟元《えりもと》まで留めてあったシャツのボタンを一つだけ外し、深呼吸で新鮮《しんせん》な空気を取り入れると、気分の悪さがわずかながら和《やわ》らいだ。

こうしてしばらくジッとしていたら、マシになるはずだ。佳月の脇《わき》を黙《だま》って通り過ぎていく、他人に無関心な都会の人間がありがたい。

十三歳の時に竹居家に引き取られてから、約六年。

中高一貫教育《いっかんきょういく》の中学高校も、大学進学をきっかけに竹居の本家を出てからも、ほぼ必ず大伴の運転する車で移動していた。

竹居家に入るまでは、路線バスに乗ったり電車に乗ったりと一般的《いっぱんてき》な生活をしていたのに、数年に亘《わた》って温室のような環境《かんきょう》に置かれることで脆弱《ぜいじゃく》になってしまったのだろうか。

「……情けない」

自分に対する不甲斐《ふがい》なさと苛立《いらだ》ちを込めて低くつぶやき、足元を睨みつける。

そろそろ動こうかと深く息をついたのとほぼ同時に、うつむいたままの視界の隅《すみ》に大きな靴《くつ》が映った。

なんだ？　立ち止まって……こちらを見ている？

電車がいくつも発着しているのに動こうとしない佳月を不審《ふしん》に思い、駅員が声をかけようとしているのかもしれない。

少し気分が悪かったけれど、もうよくなったから……と言い訳をするのも面倒《めんどう》で、話しかけられる前に歩き出そうとした。

一歩踏《ふ》み出した瞬間《しゅんかん》、視界の隅に映っていた大きな黒い靴も動く。

「ちょっと待った。……『かぐや』か？」

「っっ！」

男の声で『かぐや』と呼びかけられながら、二の腕《うで》を摑《つか》まれる。ビクッと肩を震《ふる》わせた佳月は、目を瞠《みは》って顔を上げた。

こんなところで呼びかけられるはずのない名で呼ばれ、無視することができなかったのだ。

……失敗した。

摑まれた腕を振《ふ》り払《はら》い、無反応を貫《つらぬ》いて逃《に》げるべきだったと気づいた時には、声をかけてきた男とまともに目を合わせてしまっていた。

十数センチ高い位置から、佳月を見下ろしている男の顔には見覚えがある。

人混みにも埋没《まいぼつ》しない長身と、端整《たんせい》な容姿の主は、簾越《すだれご》しではなく直《じか》に……それも薄闇《うすやみ》の中だけでなく朝陽《あさひ》を浴びた状態でも間近で接したのだから、間違《まちが》いない。

聞いてもいないのに藤原陽弦と名乗った、ワケのわからない男だ。

きちんとしたスーツを着ていたあの時とは違い、シンプルな白シャツとカーキ色のカーゴパンツに、ダークグレーのボディバッグを肩に引っかけているという学生のような出《い》で立ちだった。

とてもじゃないが会社勤めをしている人間の装《よそお》いではなく、かといって荒《すさ》んだ生活をしている雰囲気《ふんいき》でもなく……この男の正体不明さに拍車《はくしゃ》をかけているみたいだ。

驚愕《きょうがく》のあまり声もなく硬直《こうちょく》する佳月を、あちらも観察するように見ていた。

しばらく鋏《はさみ》を入れていないのか、少し長めの前髪《まえがみ》をラフに掻《か》き上げて……乱れて目元に落ちた髪の隙間《すきま》からジッとこちらを見据《みす》えている。食い入るような視線は居心地《いごこち》が悪いのに、目を逸《そ》らすことができない。

佳月の二の腕を摑むのは、あの夜触《ふ》れた時にも感じた大きな手だ。逃がさないとでも言うように、指が食い込んでいて少し痛い。

ジリッと足を引いたのが合図になったかのように、藤原が口を開いた。

「印象が全然違うから、別人かと思ったが……やっぱり『かぐや』だろ。温室育ちだと思ったが、電車に乗ったりするんだな」

「……手、痛いんですが」

「あ、悪い。つい」

藤原に掴まれている右腕を軽く引きながら抗議《こうぎ》すると、拍子抜《ひょうしぬ》けするほどあっさりと手が離《はな》される。

解放と同時に走って逃げようとしたけれど、足がコンクリートの床《ゆか》に強力な接着剤《せっちゃくざい》で留められたようになっていて、思うように動けなかった。

グズグズしているうちに、藤原の身体《からだ》とホームの柱とのあいだに挟《はさ》まれてしまい、身動きが取れなくなる。

「幻覚《げんかく》かと思ったが、間違いなく『かぐや』だよな。えっらい仰々《ぎょうぎょう》しい存在って感じだったのに、お供もつれず『かぐや』が一人でいるとか……予想外でビックリした。あの、寄らば斬《き》るって感じのおっかない兄ちゃんは、どうした？」

「その呼び方、やめてください」

他人のことなど気に留めないと思うが、大勢の人が行き交《か》う駅のホームだ。誰かの耳に入らないとも限らない。

眉を顰めて発言を咎《とが》めた佳月に、藤原は唇《くちびる》の端《はし》をほんの少し吊《つ》り上げて背を屈《かが》めてきた。思いがけず近くに顔を寄せられて、柱に背中をつける。

「じゃあ、どう呼べばいい？」

「…………」

見え透《す》いた誘導《ゆうどう》に、引っかかってやるものか。そんな意志を表そうと唇を引き結んで、顔を背《そむ》けた。

頑《かたく》なな空気を全身に漂《ただよ》わせていると、藤原は屈めていた腰《こし》を伸ばして芝居《しばい》がかった仕草で腕を組む。

「ふむ……ガードは堅《かた》いか。おまえ、時間あるか？　暇《ひま》なら飯につき合え。昼飯を食いそびれてるんだ。腹が減って死にそう」

そんなふうにぼやいた藤原は、佳月の返事を待つことなく無遠慮《ぶえんりょ》に手を伸ばしてくる。今度は左手首を掴まれて、ギョッとした。

シャツの袖口《そでぐち》は二の腕のところより布が厚いのに、藤原の手のぬくもりが染《し》み入ってきてトクンと心臓が大きく脈打つ。

「ちょ……っと。おれは、了解《りょうかい》していないはずですがっ。放せよ怪力《かいりき》！」

大股《おおまた》で歩き出した藤原に手を引かれるままホームを歩く形になり、佳月は広い背中を睨《にら》みつけて訴えた。

藤原は足を止めることも振り返ることもなく、佳月に言い返してくる。

「ははは、それが素《す》か？　元気がよくてなにより」

大勢の人が行き交うホームで、電車の発着を知らせるアナウンスや通過する快速電車の音やらが響《ひび》いているのに、通りのいい藤原の声は不思議なほど明瞭《めいりょう》に佳月の耳に届く。

精いっぱいの抗議を「元気がいい」などというふざけた一言で流されてしまい、カッと首から上に血が上った。

「人の話を聞けよ！　人攫《ひとさら》いだって、大声で叫《さけ》ぶぞ」

「いいぞ？　でも、痴漢《ちかん》だって台詞《せりふ》のほうが、場所柄《ばしょがら》からすれば有効かもな」

軽い一言は、佳月にそんなことはできないだろうと、決めつけているに違いない。

ムッとしたけれど、悪目立ちしたくない……不必要に人目を集めたくないのは事実なので、実行に移すことはできない。

すいすいと危なげない足取りで人波を抜《ぬ》けた藤原は、佳月の手を放すことなく改札口に辿《たど》り着いた。

立ち止まりかけたところで、数歩前を歩く藤原がチラリと佳月を振り返る。

「ゲートに引っかかったら恥《は》ずかしいし、後ろの人に睨まれるぞ」

そんな脅《おど》し文句は反論のできない事実で、仕方なくICカードを収めたパスケースを翳《かざ》して改札を抜ける。

完全にこの男のペースだ。言いなりになるみたいで、悔《くや》しい。

「心配しなくても、すぐそこだ。怪《あや》しげなビルじゃないだろ？」

駅を出た藤原は、やはりマイペースにことを運ぶ。

駅前に建つひょろりと高い建物を指差すと、動きの鈍い佳月の手を握《にぎ》ったままエントランスに足を踏み入れた。

明るいエレベータホールは、確かに怪しげな空気など皆無《かいむ》だ。一階は世間知らずな佳月でも名前を知っているアパレルショップで、二階より上は様々な飲食店がテナントを構えている複合ビルといったところか。

藤原は初めて訪《おとず》れる場所ではないらしく、フロア案内のプレートを見ることなくエレベータに乗り込む。

「……あの部屋ほどじゃないが、いい眺《なが》めだろ」

そう言って指差したエレベータは、側面がガラス張りだった。建物の壁《かべ》もエレベータが設置されている部分が透明《とうめい》になっており、外の風景が一望できる。

「夜景にはちょっとばかり早い時間だけどな。夕焼けも悪くない」

確かに、西に傾《かたむ》いた太陽は既《すで》に姿を隠《かく》していたけれど、名残《なごり》のように空をオレンジ色に染めていて街を鮮《あざ》やかに彩《いろど》っている。

夜の訪れが近い。東の空、低い位置に白い月の姿が見え……左手首の内側にある痣《あざ》が、チリッと熱くなったような錯覚《さっかく》に襲《おそ》われた。

左手首に意識を向けた途端《とたん》、今更《いまさら》ながら藤原に握られたままだと気がついた。

「あ……」

「着いたぞ。個室もあるし、覗《のぞ》き込まない限り他《ほか》の席から見えないテーブル配置だから、周りを気にしなくてもいい。ハイクラスレストランってわけにはいかないが、和洋どっちも安くて美味《うま》い」

手首を放してくれと、苦情を訴《うった》えるタイミングを逸《いっ》してしまった。藤原は、佳月の手を引いて扉《とびら》の開いたエレベータを出る。

直後、文句を言うまでもなく手を放され、いつの間にか馴染《なじ》んでいた圧迫感《あっぱくかん》が急に消えたことによる奇妙《きみょう》な感覚に戸惑《とまど》った。

ホッとするならともかく、喪失感《そうしつかん》にも似たこれは……なんだ？

「いらっしゃいませ。何名様ですか？」

「二人だ。できるだけ落ち着ける、静かな席がいい」

戸口で出迎《でむか》えたスタッフと会話する藤原の声をぼんやりと聞きながら、解放されたばかりの左手首を見下ろす。

そっと袖口を上にずらしてみたけれど、そこにある青い痣には特段変わったところはないようだ。

「行くぞ」

「あ」

スタッフと話している隙《すき》に、エレベータに取って返して藤原から逃《に》げればよかったのではと気がついたのは、振《ふ》り向いた藤原に再び手を取られた時だった。

佳月の困惑《こんわく》は伝わっているはずなのに、藤原は振り向くこともなく薄暗いフロアを歩いていく。

放せと振り切って逃げられないのは、強い力で手を握られているせいだ。女の子ではないのだから、「触《さわ》るな」と騒《さわ》ぎ立てるのもみっともない。

少なくとも当主が『観月』を認めた人物なのだから、身元は心配ないはずで……なにより、注目されるのは避《さ》けたい。

……決して、この男に興味を惹《ひ》かれたわけではない。

照明を絞《しぼ》ったフロアは足元がよく見えなくて不安だから、手を引かれて誘導されるのも特段おかしいことではないはずだ。

そう自身に言い訳を重ねるようにして、ゆったりとした足取りの藤原の後について歩を進めた。

ファーストオーダーを取ったスタッフが姿を消すなり、藤原が微苦笑《びくしょう》を浮《う》かべて話しかけてきた。

「ウーロン茶ね。ま、警戒《けいかい》されるのは当然か」

「あなたを意識しているんじゃなくて、法律で禁止されているだけです」

怖《こわ》がっているのだろうと揶揄《やゆ》する台詞にプライドが刺激《しげき》されて、ムッと言い返しながら藤原を睨みつける。

　L字形のソファタイプの座席は、可能な限り離れて座っているつもりでも顔を上げるだけで目が合ってしまう。

　案内された個室内はフロアより明るいので、藤原の表情がハッキリと見て取れた。

「へぇ、『かぐや』は未成年か。だいたい予想どおりだな」

「っ……」

　しまった。この男の手に引っかかってしまった。

　易々《やすやす》と乗ってしまった自分に対する悔しさに唇《くちびる》を噛《か》むと、藤原が笑《え》みを深くする。

「あそこで、『かぐや』だった時は……なんていうか神々《こうごう》しいってレベルの綺麗《きれい》さだったけど、こうして見ると普通《ふつう》の学生って感じだな。大学生……だろ？」

「…………」

　もう余計なことをしゃべらないよう、唇を引き結んで顔を背ける。佳月の態度は可愛《かわい》げがないもののはずだが、藤原は「ククッ」と低く笑って言葉を続けた。

「普通の大学生より、お行儀《ぎょうぎ》がいいとは思うが。血統書付きの、室内飼《か》い猫《ねこ》ってところか。お兄さんが奢《おご》ってやるから、好きなものを食え」

　テーブルに置かれているメニューブックを差し出されて、チラリと目を落とした。創作ダイニング&バーと記されているが、この手の飲食店に初めて入った佳月は戸惑う。

「遠慮《えんりょ》するな。確かに俺は薄給《はっきゅう》だが、おまえに飯を食わせるくらいの甲斐性《かいしょう》はあるぞ」

「……お茶だけいただいて、帰ります」

オーダーしてしまったのだから、ウーロン茶だけは飲んで帰ろう。

そう思った佳月が言い返したのとほぼ同時に、冗談《じょうだん》のようなタイミングで腹の虫がグゥと鳴く。

一瞬《いっしゅん》、シン……と沈黙《ちんもく》が漂《ただよ》い、藤原が無遠慮《ぶえんりょ》な笑い声を上げた。

「ははははっ。ほら、カラダは正直だぞ……って言い方をしたら、なんだかヤラシーな」

「やらし……って、なんですそれ。こういうところ初めてですし、よくわからないので本当にいいです」

「初めてだぁ？……わかった。適当に俺がオーダーする」

「だから」

メニューブックを手に取った藤原に向かって、「なんでそんなに強引《ごういん》なんだ」と続けようとしたけれど、ノックに続いて飲み物のグラスが載《の》ったトレイを手にしたスタッフが入って来たことで言葉を飲み込む。

藤原は、宣言した通り佳月の意見を聞くことなくいくつかオーダーして、佳月の手元にウーロン茶のグラスを置いた。

「酒は飲ませてくれなくても、ダチや先輩《せんぱい》に連れられて居酒屋とか行かないのか？　すげーな。本物のお坊《ぼっ》ちゃんか」

「機会がないだけで、意図的に避けてるわけじゃないです」

協調性がないことは自覚している。なにより、大伴が下校時間に合わせて待機しているので、ゼミの集まりや食事会に参加することができないのだ。

「深窓の令嬢《れいじょう》にワルイことを教えている気分になるなぁ。妙《みょう》な楽しさに目覚めそうだ」

藤原はなにがそんなに楽しいのか、そう言ってククッと肩《かた》を震《ふる》わせる。

佳月は愛想《あいそ》がよくないし、友好的な態度だとは間違《まちが》っても言えないはずだが……やっぱり変な人だ。

「かぐや……か。なんでこんなに雰囲気《ふんいき》が違うんだろうな」

「だから、どうして、おれだってわかったのか不思議です」

これまで佳月が『観《み》た』人数は、両手の指の数に余るくらいだ。あの依頼《いらい》者たちは、たとえ駅のホームにいても……至近距離《きょり》ですれ違ったとしても、佳月を『かぐや』だと気づかないと思う。

藤原に関しては、少しどころではなくイレギュラーな『観月』だったので、そのせいか？

「電車を降りた途端、おまえが目に飛び込んできたんだよな。うつむいていたけど、なんか目を惹かれたっつーか……」

どうして、藤原の目は誤魔化《ごまか》せない？

お神酒《みき》と、薬湯は口にしていて……それなりに目くらましの効果はあったはずだ。

月光の影響《えいきょう》が完全に消えた、朝陽《あさひ》を浴びながら顔を合わせてしまったせいだろうか。そうでないなら……。

す。

「おまえっていうの、やめてくれませんか」

ウーロン茶のグラスを見据《みす》えながら思考を巡《めぐ》らせていた佳月は、藤原の声にポツリと言い返
「おまえが」

「じゃあ、かぐや」

直後、最も避けてほしい呼び名で呼びかけられた。

「佳月ですっ。あ……」

いくらぼんやり考え事をしていたからといって、バカではないだろうか。

自分の不手際《ふてぎわ》に呆然《ぼうぜん》としながら顔を上げると、藤原と視線が絡《から》む。

簡単に引っかかったな、と馬鹿《ばか》にするような笑みを浮かべるかと思った藤原は、予想外にも
嬉《うれ》しそうな微笑を滲《にじ》ませた。

「やっと教えてくれたな。佳月か」

「……っ、おれ、バッカじゃねーの。あっさり引っかかって……」

優《やさ》しいとも言える笑みがなんだか恥《は》ずかしくて、顔を背《そむ》けながらギリッと唇を嚙み締《し》める。

視界の隅《すみ》をなにかが過《よ》ぎった……と思った直後、唇の端《はし》に触《ふ》れられて肩を震わせた。

「嚙むな。傷になる」

「触んな、バカ」

藤原の手を払《はら》いながら、ポツリと言い返す。

一ヶ所メッキが剝《は》がれてしまうと、取り繕《つくろ》おうという気まで一緒《いっしょ》に剝がれ落ちてしまったようだ。

「ククッ、意外と気が強い。澄《す》ましたツラより、コッチのほうがいいな。誰《だれ》にも言わん……言う相手も吹聴《ふいちょう》する理由もないから、心配無用だ。ああ……ほら、ちょうど飯が来たから好きに食え。澄ました顔をしても、腹を鳴らしてたんだから今更《いまさら》だろ」

藤原の言葉が一区切りしたところでスタッフが入ってきて、テーブルに皿を並べていく。

湯気の立つ料理はどれも魅力的《みりょくてき》で、たとえ空腹というスパイスがなかったとしても箸《はし》を伸《の》ばさずにいられなかったはずだ。

「腹減りが限界だ。食うか。気になるものがあれば、追加しろ」

「……いただき、ます」

先に箸をつけた藤原につられるようにして、佳月も取り皿と箸を手に持つ。

初めて口にするものばかりだったけれど、藤原は面白《おもしろ》がっても馬鹿にすることはなく、楽しそうにデザートまでオーダーした。

誰かとこんなふうにテーブルを囲んで食事をするなど、竹居家に引き取られてからは一度もなかった。

母親や異父弟妹……四人で狭《せま》いアパートに住んでいた時は、日常の光景だったのに。

「食えないものは？」

「……ない」

「じゃあ、好物は？」

「特には」

対人スキルが高いとは決して言えない佳月は、無愛想に短く言い返すのみだ。

ほとんど笑うこともなく、面白い会話ができたとも思えないのに、藤原は旧知の仲のように話しかけてきた。

「三日月形の痣《あざ》って、変わってるよな。生まれつき？」

「じゃない」

シャツの袖口《そでぐち》に隠《かく》れて見えないとわかっているが、無意識に左手首を握《にぎ》る。

口を噤《つぐ》んだ佳月は、硬《かた》い表情になっているはずだ。無遠慮だとばかり思っていた藤原は、意外にもそれ以上追及《ついきゅう》してこなかった。

「今日はたまたま、徹夜《てつや》の作業明けで早めに解散になったんだ。昨今は、残業時間の超過《ちょうか》がナンヤラうるさくてなぁ。上司に追い出されて、滅多《めった》に帰れない時間に勤め先を出たんだけど……そんな日にホームで佳月とバッタリ逢《あ》うなんて、運命的だな。日頃《ひごろ》の行いがいいから、神様からのご褒美《ほうび》か？」

「……おれにとっては、悪夢みたいなものだけど。神か仏か知らないけど、呪《のろ》いだ」

「ははっ、おもしれーな佳月」

佳月は本気で答えたのに、藤原は声を上げて笑う。

あれほど逃《に》げ腰《ごし》だった藤原との時間はあっという間に経過して、気がつけば二十時を過ぎていた。

この店に入ったのは、日暮れ時だったのに……これほど長い時間、気詰《きづ》まりだと感じることもなく他人と二人きりで過ごしたことに驚《おどろ》く。

「あの、おれ……帰る」

朝に聞かされた大伴の帰宅予定は、二十一時くらいのはずだ。その前にマンションに戻《もど》っておかないと、こんな時間まで誰とどこで何をしていたのだと詰問《きつもん》されるに違いない。言い訳を考えるのが面倒《めんどう》だ。

そわそわとバッグに手を伸ばして立ち上がりかけた佳月に、藤原も自分の腕時計《うでどけい》で時間を確かめた。

「ああ、こんな時間か。送って行こうか」

「いい。歩いても十分くらいだし」

深窓の令嬢やら姫《ひめ》やらではないのだから、送り届けられなくても大丈夫《だいじょうぶ》だ。

これが大伴なら、自分が送れないのなら無理やりにでも佳月をタクシーに押し込んだかもしれないが、藤原は笑って「そっか」と返してくる。

特別扱《あつか》いされないことがなんだか嬉しくて、頰《ほお》を緩《ゆる》ませて「うん」とうなずいた。チラリと伝票に視線を送ると、藤原の手に遮《さえぎ》られる。

「奢《おご》ってやるって約束しただろ」

「……ありがとう、ございます」

「なんだ、素直《すなお》になったらめちゃくちゃカワイイな。気をつけて帰れよ、佳月」

グシャグシャと無造作に髪《かみ》を撫《な》で回されて、心臓がトクンと奇妙《きみょう》に脈打った。

動揺《どうよう》した自分を誤魔化したくて、

「馴《な》れ馴れしく触らないでください」

と、目を逸《そ》らしながら藤原の手をふりはらう。

こんなふうに触れてくる人など、他《ほか》にいない。含《ふく》むものがなく、笑いかけられるのも……親しげに名前を呼んでくるのも藤原だけだ。

慣れないことばかりで、どんな顔をすればいいのかわからなくなり……戸惑《とまど》いを抱《かか》えて唇《くちびる》を引き結ぶと、軽く頭を下げて個室を出た。

下降するエレベータの透明《とうめい》ガラス越《ご》しに仰《あお》いだ夜空には、三日月に近い細い月が浮《う》かんでいる。

佳月の左手首の内側にある、青い痣とよく似た形の月だ。

「なんか……熱い」

痣が疼《うず》くような錯覚《さっかく》に、シャツの布越しに自分の左手首を握ってふっと小さく息をついた。

《四》

玄関先《げんかんさき》から、小さな物音がする。

ロックを開錠《かいじょう》して、静かに扉《とびら》が開き……閉じた。

ソファの上で膝《ひざ》を抱えて座っていた佳月は、テレビのリモコンに手を伸ばして音量を二つ上げた。

こうしておけば、なにか聞かれた際に言葉に詰《つ》まっても、多少は場の空気を誤魔化《ごまか》すことができる。

このマンションの最上階には佳月と大伴しか居住しておらず、エレベータもカードを認証《にんしょう》させなければ上がって来られない。

だから、この部屋に入って来られるのは大伴を含めた竹居の関係者の中でもごく一部だ。こんな時間にやって来る人物は一人しかいないので、わざわざ振《ふ》り向いて確かめる気はない。

足音もなく人の気配が近づいてきて、大伴の声が背中にかけられた。

「失礼します、佳月さん。本家での所用が予定より手間取りまして、遅《おそ》くなりました。お変わりはありませんか?」

「ない」

藤原と駅のホームでバッタリと逢い、『かぐや』だと看破された挙げ句、強引《ごういん》に居酒屋へ連行された。

それは、「お変わり」などと一言で言い表せないくらいの非常事態だけれど、佳月には大伴へ報告する気はなかった。

なにごともなかったかのように、普段《ふだん》どおり……を装《よそお》ってテレビ画面を注視していたけれど、次に大伴の口から出た言葉にピクッと眉《まゆ》を震《ふる》わせてしまった。

「佳月さん、お帰りが少し遅かったのでは？」

「……なんで？」

素知らぬ顔をし続けられなくなり、ソファの脇《わき》に立っている大伴を見上げる。

大伴は、自室である隣室《りんしつ》に戻るより先に佳月の部屋へと立ち寄ったのだろう。相変わらず、一日の終わりが近いとは思えないほどきっちりとスーツを着込んでいる。くたびれた雰囲気《ふんいき》は皆無《かいむ》だ。

思考の読めない無表情で佳月を見下ろした大伴は、右手に持っていたスマートフォンをスーツのポケットに仕舞《しま》いながら口を開いた。

「エレベータや扉のセキュリティの通過記録が、二十時を過ぎていましたので。夕食はどうなさいました。まだのようでしたら、なにか軽く用意しますが」

帰りが遅いのではと尋《たず》ねながらスマートフォンを操作していたのは、セキュリティシステムの確認のため……か。

自分たちの居住するフロアのセキュリティは、過剰《かじょう》なほど完璧《かんぺき》だと知ってはいたが、扉を開閉した際の時間まで逐一《ちくいち》チェックされているのはいい気分ではない。

苦い思いが込み上げてきたけれど、顔には出さないよう努めて言い返す。

「図書館で調べ物をしていたら、熱中して……学校を出るのが遅くなった。夕食は、学食で済ませたから」

佳月が、常に自分に付き従う大伴の存在理由を『世話役を兼《か》ねた護衛』ではなく『監視《かんし》』だと捉《とら》えるのは、こういう時だ。

竹居の本家を出る際、側仕《そばづか》えとして大伴を隣室に住まわせることが条件の一つだったが、大伴自身は佳月のような面倒な子供の世話をすることについてどう思っているのか、少しも窺《うかが》わせない。

佳月であって佳月ではない、『かぐや』に仕えることは、この上ない名誉《めいよ》であり悦《よろこ》びだと捉えていそうだけれど。

初対面から六年近く経《た》っても、大伴は佳月にとっては謎《なぞ》の人物のままだ。二度しか逢っていない藤原のほうが、変な男だと眉を顰《ひそ》めつつわかりやすいかもしれない。

「先日の、『客』ですが……」

豪快《ごうかい》に笑い、無遠慮《ぶえんりょ》に佳月に接してくる藤原の顔を思い浮かべた直後、大伴の口から当人の話題が出る。

心臓が、ドクンと大きく脈打った。ピクッと指先を震わせてしまう。

ものすごくビックリした。まるで、佳月の頭の中を読んだようなタイミングだ。うっかり表情を変えないよう、テーブルの上にあるテレビのリモコンに視線を落として小さくうなずいた。

「うん？」

「本家で当主と……先代とも会合しましたが、上手《うま》く『観《み》えない』のが一度だけでしたらタイミングの問題ということもあるかと。二度目で万が一観えなければ、佳月さん自身が先代とお話しになってください」

「わかった」

先日の、藤原の『観月』が何故《なぜ》成り立たなかったのかについて、か。どうやら、当事者である佳月抜《ぬ》きで、当主と先代も交えた話し合いの場を持ったらしい。

佳月はほんの少し眉を顰めて、自分の左手首に視線を移す。

まるで、おまえの存在意義は『観る』ことのみで……意見など聞く必要もない、と言われているみたいだ。

でもそれは、今に始まったことではない。もとより佳月は、『かぐや』でなければ竹居家にとって価値のない存在だ。

蚊帳《かや》の外に追い出されたことで、自我を認められていないと受け取るのは、仲間外れにされたと子供が拗《す》ねているようなものかもしれない。

大伴に向かってわかりやすく不快感を表すには、プライドが邪魔《じゃま》をした。

「疲《つか》れたから休む」

短く口にして腰《こし》かけていたソファを立った佳月は、大伴の脇を抜けてバスルームに向かう。その背中に、淡々《たんたん》とした声がかけられた。

「明朝は、いつもの時間に朝食を用意させていただいてよろしいですか」

「ああ」

振り向きもせず答えた佳月は、リビングを出て廊下《ろうか》を数歩進み……大伴の視界から消えたことを確認して、大きく息をついた。

大伴は、佳月が一度も目を合わさなかったことに気がついただろうか。

先日の『客』と佳月が、駅前の居酒屋で夕食を共にしたなど……予想もつかない出来事のはずだ。

だから、きっと大丈夫《だいじょうぶ》。自分が墓穴《ぼけつ》を掘《ほ》らなければ、大伴にはわからない。

藤原と逢《あ》ったことを隠《かく》しておく理由などなく、逆に非常事態だと相談しなければならないはずなのに、一言も言えなかった。言いたくなかった。

「なんでだろ」

佳月のすべてを把握《はあく》しているつもりの大伴に対する、当てつけだろうか。

それとも、自分を特別扱《あつか》いしない人間を取り上げられたくないという、子供じみた駄々《だだ》のようなものか。

佳月自身にも、よくわからなくて……ひとまず頭からシャワーを浴びて、胸の奥でもやもやと渦巻《うずま》いている色んなものを流そうと、バスルームの扉を開けた。

□□□

目を落としていた手元から顔を上げると、記憶《きおく》の隅《すみ》に追いやっていた懐《なつ》かしい空間が広がっていた。

これは……十三歳まで住んでいた、古いアパートの居間だ。

佳月は、満月の夜『かぐや』として依頼者《いらい》を『観る』のとは別に、普通《ふつう》に眠《ねむ》っていながら夢を見ることは多くない。

その珍《めずら》しい『普通の夢』を見ているのだな、と意識の隅でぼんやり認識しつつテーブルの向こう側にいる母親を目に映した。

八月の昼過ぎだ。ジッとしていても汗《あせ》が流れるほど暑いのに、光熱費の節約のために夜しかエアコンは使わない。開け放した窓の外からは、熱風と共にうるさいくらいの蟬《せみ》の鳴き声が流れ込んでくる。

小学生の弟と妹は、校区の子供会が取り仕切っている映画鑑賞会《かんしょうかい》に出かけていて、珍しくアパートには佳月と母親の二人だけだった。

そわそわと、朝から何度も落ち着きなく時計を気にする母親の様子が、いつもと違《ちが》うことは気づいていた。

なにかあるのか？　と不思議に思い、テーブルに広げた夏休みの課題テキストに向かっていた佳月が尋ねるタイミングを計っていると、母親のほうから理由を明かしてくれた。

「あのね、佳月。もうすぐ……あなたのお父さんがいらっしゃるの」

「お父さん？」

聞き返した佳月は、声も表情も怪訝《けげん》なものになっているはずだ。父親というものが、いないわけがないのはわかっている。

ただ、物心ついてから一度も顔を合わせたことのない存在なので、唐突《とうとつ》にそう言われても現実味が乏《とぼ》しい。

幼稚園《ようちえん》の運動会で父親に肩車《かたぐるま》されている友達が羨《うらや》ましくて、「僕のお父さんは、どこ？」と尋ねた幼い佳月に、母親は「そうねぇ。今は遠いところにいるの。いつか、佳月が大きくなったら逢えるかもしれないわ」と答えて、笑った。

何度も似たようなやり取りを繰《く》り返すうちに、父親のことを聞いてはいけないのだと子供なりに理解した。

小学校の高学年になってからは、一度も父親を話題に出したことはない。

歳《とし》の離《はな》れた弟や妹とは、それぞれ父親が異なることだけは確かで……美人の部類に入るだろう母親の傍《そば》には、常に大人の男がいた。

周りの大人たちは母親を悪く言う人ばかりだったけれど、佳月は子供から見ても頼《たよ》りない……いくつになっても少女のようで、危なっかしくて一人では生きていけないように見える母親が嫌《きら》いではなかった。

大人になれば、自分がこの人や弟妹を守るのだと漠然《ばくぜん》と考えていたし、そうしなければならないのだと感じていた。

特に、弟は身体《からだ》が弱い。月に何度も病院に通わなければならず、そのための費用も安くないと知っている。

「その人が来たら……おれは、どうしたらいい？　っていうか、なにしに来るわけ？」

十三歳になるまで佳月を放《ほう》っておいて、いまさら逢いに来るとは何のために？

父親という人の目的が読めなくて、気味が悪い。

のんびりとした母親に尋《たず》ねたところで、明確な答えを得られるのかどうかはわからないが、聞かずにいられなかった。

「二、三ヵ月に一度、お金を持ってきてくれるお父さんのお遣《つか》いの方に、佳月についての近《きん》況《きょう》を報告していたの。変わったこととか、困ったことはないか……って気にしてくださっていたから。この前いらした時に、佳月の手に少し不思議な痣《あざ》があるってお話ししたら、よくない病気とかだといけないから、一度きちんと調べたほうがいいって言ってくださって……必要なら、いいお医者さんを紹介《しょうかい》するから、とりあえず詳《くわ》しい方と一緒《いっしょ》に佳月に逢いにいらっしゃるんですって」

「痣……って、これ？　おれは憶《おぼ》えてないけど、どっかでぶつけただけだと思うよ。そんな、病院がなんとかって大袈裟《おおげさ》なモノじゃないだろ」

テーブルに置いていた左手をひっくり返して、手首の内側にある薄《うす》い青痣を見下ろした。

こんなものが理由で、わざわざ自分に逢おうとしている？

父親という人に対する不審《ふしん》さは、晴れるどころか深まるばかりだ。

母親は、人差し指の腹でそっと痣を辿《たど》りながら顔を曇《くも》らせた。

「でも、湿布《しっぷ》を貼《は》ってもお薬を塗《ぬ》っても、なかなか治らないでしょ？　最初に気づいた時より、濃《こ》くなっているみたいだし……」

自分の左手首の内側に、肌の奥から滲《にじ》み出たような薄い青痣があることに気づいたのは、一《ひと》月《つき》ほど前だ。

佳月自身は、どこかにぶつけて内出血したのだろうと気に留めていなかったけれど、母親はそんな些細《ささい》なことまで父親の遣いとやらに話していたのか。

「濃い……かな？」

言われてみれば確かに、初めて気づいた時よりも青みが強くなっている気がする。でも、痛くも痒《かゆ》くもないので、佳月自身はさほど深刻に捉《とら》えていない。

「それより、お金持ってきてくれる人……ってなんだよ。養育費ってやつ？」

父親について、詳しくは知らない。ただ、存命だということと……いくらかの金銭が、母親に渡《わた》っているらしいことは感じ取っていた。

そうでなければ、自分たち四人の生活費だけでなく弟の通院にかかる費用まで、母親一人で工面できるとは思えない。

「佳月……そんな言葉、わかる歳になったのね」

どこか的外れなところに、感慨《かんがい》深そうな反応をした母親は……やはり普通の大人とは少し違うのでは。

佳月はため息をついて、自分の髪《かみ》を掻《か》き乱した。

「中学生にもなれば、それなりにね。で、父親の正体は？　そろそろ話してくれてもいいんじゃないの？」

「やだな、正体ってお化けみたいじゃない？……あのね、佳月のお父さんは立派なお家の方なの。私じゃお嫁《よめ》さんに入れないから、佳月のことだけ引き取ろうとも言われたんだけど、私が淋《さび》しいから嫌《いや》ってお断りしちゃった。そうしたら、生活に必要なお金を定期的にお遣いの方が持ってきてくださって……佳月の近況をお話ししているの。お父さんも、お渡しした写真で佳月の成長を見ているはずよ」

世間では子供扱いされる年齢《ねんれい》の乏しい知識でも、つまり、母親は愛人というやつかと察することができた。ドラマでよくあるみたいに、本妻もいるのかもしれない。

立派な家の人？　だからと言って、人間性まで立派だとは限らない典型的なパターンだな……と、皮肉な微笑《びしょう》を浮《う》かべる。

「佳月？　お母さんの我が儘《まま》だって思う？　本当は、大きなお家に住むほうがいい？」

無言で頬《ほお》を歪《ゆが》ませた佳月の表情を、そんなふうに誤解したらしい母親に、首を左右に振《ふ》ってみせた。

「違うよ。おれがここにいて、よかったなって思った。母さんだけで、あいつらの世話をするのとか……大変だろうし」

母親を安心させるための出まかせではなく、本心だ。佳月が心配なのは、弟と妹だけでなく母親自身も……だけれど。

「よかった。頼りにしてるわ、お兄ちゃん」

ホッとしたように笑う母親は、やはり大人という雰囲気《ふんいき》ではない。この人を含《ふく》めた家族を自分が守らなければと、決意を新たにする。

表情を引き締《し》めて左手をグッと握《にぎ》り締めたところで、インターホンが鳴った。

「あ、いらしたかしら……」

立ち上がった母親が、玄関《げんかん》に向かう……ロングスカートの裾《すそ》が翻《ひるがえ》ったのが視界を過《よ》ぎった直後、唐突に目に映るものが切り替《か》わった。

広い座敷《ざしき》。見るからに高級そうな、屏風《びょうぶ》。その前で、分厚い大きな座布団《ざぶとん》に座してジロジロとこちらを見ている男は……そうだ、顔を合わせるなり高慢《こうまん》な口調で「佳月だな。私はおまえの父だ」と名乗った、この家の当主だ。

その隣《となり》には和装の小柄《こがら》な老婦人が座っていて、ジッと佳月を見ている。佳月の背後には、大きな車でアパートに迎《むか》えに来てここまで佳月を案内した男がいるはずだが、一言も発することなく気配さえ殺しているみたいで、存在を感じない。

「左手を見せなさい」

他人に命令するのに慣れた口調で、威圧感《いあっかん》たっぷりに話しかけられるのは不快だ。佳月は、ムッとして言い返した。

「……なんで、いきなり左手？　おれ、オジサンが父親だなんて思えないんですけど。なにも説明しないでこの人にここまで連れてこられたけど、証拠《しょうこ》は？」

まともに顔を見る気もないので、この男が自分と似ているかどうかもわからない。もともと佳月は、母親とそっくりだと言われていたので、きっと顔立ちに共通点などないはずだが……どうでもいい。

「口の利《き》き方がなってないな。大伴」

当主が不機嫌《ふきげん》そうな低い声で口にしたかと思えば、背後から「はい」と短い応《いら》えが聞こえてきて……左腕《ひだりうで》を掴《つか》まれた。

大人の男の力は強く、佳月の左腕を掴んでいる手は大きくて。

「な……に、ちょっと、なんだよっ。や……っ」

同級生の中でも小柄な佳月は、ろくに抵抗《ていこう》もできずに当主の前まで引きずられた。

抵抗もむなしく左腕の内側を上向きにさせられて、その場にいる全員が佳月の腕《うで》……いや、手首のところにある痣を凝視《ぎょうし》している？

時間の流れが止まってしまったかのような、息苦しいほどの沈黙《ちんもく》と緊張感《きんちょうかん》が漂《ただよ》う。気圧《けお》された佳月は、もう声も出せずに全身を硬直《こうちょく》させた。

なに？　視線が怖《こわ》い……。

何人もの大人から、これほど真剣《しんけん》な目で凝視されたのは初めてだ。

佳月が戸惑《とまど》いと怯《おび》えで声も出せずにいると、老婦人が手を伸《の》ばしてきて、無言のまま指先でそっと痣を撫《な》でる。

「っ！」

驚《おどろ》いた佳月は、大きく肩《かた》を震《ふる》わせて反射的に手を引きかけたけれど、大伴と呼ばれた男の指が強く食い込んでいて動けなかった。

「い、痛いだろ。放してよっ」

これまでは緊張のあまりか、摑まれた腕が痛いという感覚さえ鈍《にぶ》かった。

今更《いまさら》かもしれないが、痛覚を思い出したかのように男に摑まれている腕が痛みを訴《うった》えていて、もぞもぞと身動《みじろ》ぎをする。

そうして、停滞《ていたい》していた時間や空気が動き出したのが合図になったかのように、

「印だ。間違《まちが》いないね」

これまで黙《だま》っていた老婦人が、初めて口を開いた。

ポツリとつぶやかれた言葉の意味がわからないのは佳月だけのようで、食い入るように佳月の手首を見据《みす》えていた当主が大きく息をつく。

「そうか。では、早々に手続きを。部屋は東の端《はし》がいいだろう。必要なものがあれば、すぐに

手配しろ。ああ……母親には文句を言わせないだけ渡しておけ。口減らしにもなって纏《まと》まった金額が手に入るなら、悪い話ではないだろう。あとは……学校か。転校が必要だな」

話しながらチラリとこちらに目を向けてきた当主と視線がぶつかり、佳月はようやく自分の処遇《しょぐう》について語られているのだと察した。

「なんの話ですか？」

頬を強張《こわば》らせて、どういうことだと問い質《ただ》す。

先ほどの口ぶりでは、まるで、この家に自分が連れて来られる……しかも、学校まで転校させられそうになっているみたいではないか。

「おまえは、今日からここに移るように。養子の手続きを取る」

「は……冗談《じょうだん》」

佳月は唖然《あぜん》とつぶやいたけれど、その場にいる大人たちは全員真顔だった。冗談を口にしている空気ではない。

なにが起こっている？

あまりにも現実離《ばな》れしていて、頭が混乱している。反論しなければならないと内心では焦《あせ》っていても、どう言えばいいのか言葉が出てこない。

子供で、世間知らずな佳月でも、これが非常識で異常なことだというのはわかっていた。

なのに、大人たちは佳月の意見など聞く耳持たずとばかりに話を進める。

「冗談などではない。説明は……『かぐや』にお任せしよう。よろしいですか」

「ええ。佳月と言ったね。こちらへ」

名前を呼ばれながら老婦人に手招きされても、無言で首を左右に振るしかできない。精いっぱいの拒絶《きょぜつ》だ。

奥歯を嚙《か》んで戸惑いと不安になんとか耐《た》えていると、老婦人が自分の左手部分の着物の袖《そで》を少しだけ捲《まく》り上げた。

「これを見なさい」

「……ッ？」

そこに、なにが？

不審《ふしん》な面持《おもも》ちでそっと視線を落とした佳月は、声もなく息を呑《の》んで目を瞠《みは》る。

鮮《あざ》やかな青色の、痣《あざ》。佳月と同じ位置にあるけれど、形状が違う。

「これは、『かぐや』の印。私のものは満月に近い形で……佳月のは細い三日月だ。継承《けいしょう》が近いことを示している」

「……なに？」

淡々《たんたん》とした口調で、静かに語られたことの意味がわからない。

ただ、そうだ。言われて初めて、自分の手首にある痣が三日月形なのだと気がついた。

瞬《まばた》きを繰《く》り返しても老婦人の手首にある痣はそのままで、佳月は無意識に右手で自分の左手首を握った。

強く握り締めた手の下で、これまで痛くも痒《かゆ》くもなかった痣が熱を持って疼《うず》いているみたい

に感じて、コクンと喉《のど》を鳴らす。

大伴に強く摑まれていた左腕は、いつの間にか解放されている。佳月から、逃《に》げようという意志がなくなったことを感じ取ったのかもしれない。

「詳《くわ》しく話してやろう。いいね？」

「う……ん」

ここから逃げるより、自宅に戻《もど》るより、わけのわからない混乱を解いてくれるのならなんでもよかった。

「では、離《はな》れに。佳月を連れて行くよ」

「頼《たの》みます」

傲慢《ごうまん》の見本のような当主だが、この老婦人には露骨《ろこつ》に態度を変える。頭まで下げて佳月を託《たく》すことからして、力関係は老婦人が上らしい。

立ち上がった老婦人に視線でついてくるように促《うなが》されて、座り込んでいた畳《たたみ》からのろのろと腰《こし》を上げた。

自分の身になにが起きているのか、これからなにが起こるのか……見当もつかない中、漠然《ばくぜん》とした不安を抱《かか》えて。

老婦人の居室だという離れの一室に連れて行かれた佳月は、そこで『かぐや』というものの存在についての説明を受けた。

自分とは無関係な昔話だとしか思っていなかった、『竹取物語』のかぐや姫《ひめ》を始祖とするという竹居家の成り立ちから、月の加護を受けて人の運命を『観《み》る』ことができる『かぐや』の持つ能力まで。

月の形の青い痣は、『かぐや』が代替《だいが》わりする際に継承者に現れること。出現してすぐは三日月形、それが『観月』を重ねるにつれて少しずつ形を変え、最終的に満月形になればやがて痣が薄《うす》くなり消えること。同時に『かぐや』としての能力も消え、完全に次代へと引き継《つ》がれること。

竹居家の直系の血を引いていれば、誰《だれ》に現れるかわからないこと。

一度に聞かされるには、膨大《ぼうだい》かつあまりにも非現実的で、佳月は一言も口を挟《はさ》むことができないまま老婦人の話に耳を傾《かたむ》けた。

「相手の運命を『観て』、助言する。それも、占《うらな》いなどの漠然とした不確かなものとは違い、『かぐや』が観るものは外さない。将軍やら、今なら首相《しゅしょう》やら……国の中枢《ちゅうすう》にいる人物も、己《おのれ》の吉凶《きっきょう》を知ろうと『かぐや』を頼《たよ》って来る。かつては、国を左右するほどの絶大な影響《えいきょう》力を有していた。それ故《ゆえ》、畏《おそ》れられたり崇《あが》められたり、時代によって『かぐや』を取り巻く環境《かんきょう》は変化している。竹居家の当主は、『かぐや』の保護も担《にな》うようになった」

老婦人が語り始めて長い時間が経《た》っているにもかかわらず、淡々とした声からは疲《つか》れを感じさせない。

車に乗せられてこの家に連れて来られたのは昼過ぎだったのに、窓の外はすっかり日が落ちて夜闇《やみ》に包まれている。

そうして佳月の意識が窓の外に逸《そ》れたのを引き戻そうとするかのように、老婦人は言葉を続ける。

「私は四十年『かぐや』を務めている。歴代『かぐや』の在任期間は、短い時は一年ほど……五年だったり、十年だったりと、規則性はなく様々だ。この痣が完全な満月となり、消えるまでにはまだ数年あるだろう。そのあいだに、佳月に継承者としての心得を含《ふく》む『かぐや』の役目を伝えるのが、私の責務だ」

「え……『かぐや』って、継承者……？　おれが？　そんなっ、決めつけた言い方……」

これではまるで、決定事項《じこう》の伝達だ。

佳月の意志や、選択肢《せんたくし》などないのだと言わんばかりに「これから」を語られて、さすがに黙っていられなくなった。

戸惑《とまど》いに揺《ゆ》らぐ声で「嫌《いや》だって言ったら？」とつぶやけば、佳月の目を真っ直《す》ぐに見据えながら言葉が返ってくる。

「決めつけ？　月の形の痣を有する『かぐや』は、竹居家の保護下に置くのが理《ことわり》だ。選択権などない。当然、拒否権《きょひ》もない」

それのなにがおかしいとばかりに言い切られて、絶句した。

唖然とする佳月をよそに、周囲の大人たちは様々な手続きや根回しを進め、佳月には選択権も拒否権もないのだと痛感させられる。ろくに母親と話すこともできないまま、竹居家に引き取られることが決まった。

不条理とも言える自身の処遇を甘受した最も大きな理由は、佳月が竹居家に入ることで母親や弟妹の生活の保障が約束されたからだ。

一時的な金銭の付与《ふよ》だけでなく、生活の質全般《ぜんぱん》の向上と、身体《からだ》の弱い弟には最先端《さいせんたん》の治療《ちりょう》が可能な病院の紹介《しょうかい》と費用の負担を継続《けいぞく》する。

それらが、きちんとした書類を立てた上で約束され、佳月は『竹居佳月』になることを承諾《しょうだく》した。

だから『かぐや』であるよう、強要されたわけではない。母親や弟妹のための自己犠牲《ぎせい》だとか、綺麗《きれい》なものでもない。

こうすることが最善なのだと、佳月自身が納得《なっとく》した上での意志だ。

先代の『かぐや』の痣が完全に消え、佳月に継承されたのは十七歳の時だ。

以来、年に数回。

依頼《いらい》を受けて、可否を判断した父親である竹居家の当主に言いつけられるまま、満月の加護を受けて『かぐや』になる。

自分の『観月』により、竹居家にどれほどの利益がもたらされるのか、佳月は詳しく知らないし知りたいとも思わない。

いつか、左手首にある月形の痣が満ちて次代の『かぐや』が現れるまでの……数年か、数十年か。

その日を待ちながら、与《あた》えられた役目をこなすのみだ。

《五》

暦《こよみ》の上では『観月』に適していても、気象条件が整うとは限らない。雲が月を隠《かく》してしまえば、満月であっても『かぐや』の能力は半減する。満月の前後を含む三日間がすべて雨や曇《くも》りなら、次の満月を待たなければならない。

幸いにも、藤原の二度目の『観月』の機会は早々に巡《めぐ》ってきた。

他《ほか》からの依頼がなかったのか、藤原の依頼のほうを優先すべきと判断されたのか、当主の指示で『観る』だけの佳月にはわからない。

透明《とうめい》な天井《てんじょう》を仰《あお》いで全身に月光を浴びていると、身体の内側から浄化《じょうか》されていくみたいで心地《ここち》いい。

控《ひか》え目なノックの音に、夜空を見上げていた顔を戻した。

「失礼します。『かぐや』、よろしいですか?」

「どうぞ」

大伴の声に入室の許可を出すと、一拍《いっぱく》空けて扉《とびら》の開く音が聞こえてきた。

「手順は、前回と同じです。……もう一度、初めから説明したほうがいいようでしたら仰《おっしゃ》ってください」

簾《すだれ》の向こうから、大伴の声が聞こえてくる。部屋を仕切る簾を見遣《みや》った佳月の目に、よく似た背格好の大柄《おおがら》な影《かげ》が二つ映った。

「いや、憶《おぼ》えてるからいい。そこの盆《ぼん》で手を洗って、酒を飲んで……最後のシメに、その湯呑《ゆの》みに入っているまっずい薬湯だろ。罰《ばつ》ゲームみたいにマズいんだけど、もうちょっとなんとかならねーんですかね？」

大伴に答えた藤原の声には、相変わらず緊張感《きんちょうかん》や遠慮《えんりょ》の気配さえない。ある意味、肝《きも》が据《す》わっているのだろう。

藤原の軽口に、大伴は抑揚《よくよう》の乏《とぼ》しい口調で言い返す。

「……味は、重要ではありませんので。どうしても気になるようでしたら、鼻を摘《つ》まんで一気飲みなさってください」

「ははっ、真顔で冗談《じょうだん》……」

「私は、一言も冗談など言っておりませんが。無駄口《むだぐち》を叩《たた》くのはこれくらいにして、手を清めてください」

「ああ、はいはい。了解《りょうかい》です」

物珍《ものめずら》しそうだった初回とは違《ちが》い、『観月』の雰囲気《ふんいき》や勝手を知っているせいか、変に場馴《ばな》れしてしまったようだ。

真剣《しんけん》みが欠けている藤原に、大伴は佳月にまで聞こえるこれ見よがしなため息をつく。

「よろしいですか」

そう前置きをしておいて、苦いものが滲《にじ》む声で釘《くぎ》を刺《さ》した。

「当主が必要だと判断したことで、あなたをこちらに案内しているのだとお忘れなく。くれぐれも、『かぐや』に不敬を働きませんように」

「わかってますって。『かぐや』に対する不敬行為《こうい》には、恐《おそ》ろしい祟《たた》りだか呪《のろ》いだかが降りかかるんだろ。でも、不敬って具体的にどういうものだ？」

「御身《おんみ》で確かめたいのであれば、どうぞ思うままなさってください。……その後の責任は、取れませんが」

「うえぇ、おっかねぇなぁ。なにが起きるか、具体的に知らされないあたり……最大限の脅《おど》しだな。実に効果的だ」

おっかない、などと言いつつ藤原の声には危機感がない。逆に、面白《おもしろ》がっているような雰囲気だ。

大伴もそれを感じているのか、声のトーンをわずかに下げて苦言を続けた。

「祟りや呪いなどという、非科学的なことを信じられないという思いはわかります。不敬に対する因果応報は信じていただかなくても結構ですが、少なくとも、私が許しませんので……お忘れなく」

それを踏《ふ》まえた上で、やれるものならやってみろという一種の脅迫《きょうはく》だ。

相手が政界の大物であろうと、日本経済を牽引《けんいん》する大企業《だいきぎょう》の取締役《とりしまりやく》だろうと、『かぐや』に関する大伴のスタンスは変わらない。

根底に流れるのは、『かぐや』への忠誠と崇拝《すうはい》だ。

初めて佳月が『かぐや』として大伴の前に立った時、一瞬《いっしゅん》の躊躇《ためら》いもなくその場に跪《ひざまず》いて『かぐや』の足の甲《こう》に口づけた……あの日から、一貫《いっかん》している。

自分の、いや『かぐや』のなにがそんなにも大伴を惹《ひ》きつけるのかわからないが、彼にとって『かぐや』とは別格の存在らしい。

「あー……それなら、わかりやすい」

恐ろしい眼力で、大伴に睨《にら》みつけられたに違いない。緊張に欠けていた藤原の声から、笑《え》みの気配が消えた。

ようやく場の空気が引き締《し》まったことに満足したのか、大伴が簾越《すだれご》しに佳月へと声をかけてきた。

「では『かぐや』、私はこれにて失礼いたします。いつものように隣室《りんしつ》に詰《つ》めておりますので、なにか不測の事態が起こりましたらお知らせください」

「ああ」

佳月が短く答えると、簾の向こうの影が一つ動き……静かに扉を出て行った。

これで、藤原と佳月の二人きりだ。

佳月がふっと息をついたのとほぼ同時に、藤原の声が聞こえてくる。

「あー……怖《こえ》ぇな。既《すで》に『かぐや』に不敬を働いていますなんて言おうものなら、斬《き》り捨てられそうだ。もしくは、真綿で首を絞《し》め殺される」

真綿で首を絞め殺すなど、大伴の性格を見事なほど的確に見抜《みぬ》いた上での、ブラックジョークだ。

簾の向こうで、藤原がどんな顔をしてそう口にしたのか容易に想像できて、クスリと笑ってしまった。

それが伝わったわけではないだろうけど、蠟燭《ろうそく》に照らされた影が大きく動いて、またしても藤原が簾をくぐって来る。

「……あなたは、また」

「まぁまぁ、そんな怖《こわ》い顔をするな。せっかくの美人が……ますます迫力《はくりょく》が増して、ゾクゾクするな」

「なんですか、それ」

軽く言いながらヘラリと笑いかけられて、意図して呆《あき》れた顔を見せる。

前回と同じくきちんとしたスーツを身に着けていて、入室した直後のせいか今回はネクタイも緩《ゆる》めていない。

こうして見ると、年齢《ねんれい》相応の落ち着きを感じる。言動はたまに子供じみていても、実際は大人の男なのだな……と改めて認識《にんしき》した。どこからどう見てもエリートの様相をしていて、駅のホームで逢《あ》った職業不詳の男とは別人のようだ。

少しだけ見直した直後、目が合った佳月にイタズラが成功した子供のような笑みを向けてきた。

「あの男……大伴さんに、俺と駅で逢ったことを話していないんだな。強引《ごういん》に居酒屋に連れ込まれたなんて言おうものなら、俺はここに出入り禁止になってるだろうなぁ」

「それは……」

先日も、今も……駅のホームで逢って『かぐや』だと見抜かれてしまったことといい、境界を容易《たやす》く踏み越えてくることといい、どうして藤原についてのあれこれを大伴に伝えないのか、佳月自身もよくわからない。

「わざわざ、言う必要がないと思ったから」

藤原から目を逸《そ》らして、純白の寝具《しんぐ》に視線を落とす。

視界の隅《すみ》で燭台《しょくだい》に灯《とも》した蠟燭の炎《ほのお》がかすかに揺《ゆ》らぎ、空気が動いた。蠟燭の灯《あか》りが遮《さえぎ》られたのか、目の前に影が落ちる。

不審《ふしん》に思って顔を上げると、寝具に正座した佳月のすぐ傍《そば》に藤原がしゃがみ込んでいた。

「なんです？」

怪訝《けげん》な面持《おもも》ちで尋《たず》ねた佳月の顔を、無言で見詰《みつ》めてくる。

あけすけに感情を表す、無邪気《むじゃき》な子供のような男だと思っていたけれど、表情がなくなると精悍《せいかん》で端整《たんせい》な顔立ちが際立《きわだ》つ。

藤原は、不思議なものを観察するような目で佳月を見ていた。一言も口を開くことなく、ただ見られるのは居心地《いごこち》が悪くて、正座を崩《くず》して膝《ひざ》を抱《かか》える。

「……なに？」

小さな声で問いかけた佳月に、ハッとしたように頭《かぶり》を振《ふ》って視線を逸らす。

しゃがんでいた腰《こし》を下ろしてその場に座り込み、片膝を立てて自分の髪《かみ》を掻《か》き乱した。

「あー……悪い。佳月……今は、『かぐや』か」

どことなくバツが悪そうな声でそう言うと、再びチラリと視線を送ってくる。

目が合った佳月に、ゆっくりと大きな手を伸《の》ばしてきて……言葉もなく、そろっと髪に触《ふ》れる。

佳月は、動けなかった。

身動《みじろ》ぎもできず、真剣な目で佳月を見ている藤原を見詰め返す。

「やっぱり、キレーだなぁ。この前は、普通《ふつう》の学生って感じだったのに、今の佳月は昔話の『かぐや姫《ひめ》』って言われても納得《なっとく》できる雰囲気だ」

「歴代『かぐや』とは、そういうものらしいので。おれも、よくわかんないけど……満月の光は、『かぐや』の能力や魅力《みりょく》を最大限に引き出すから」

「へぇ……つまり、これが本当の佳月ってことか。普段《ふだん》は、抑制《よくせい》しているんだな。その色気、どっから持ってきた？」

「色……って」

そんなことを言われたのは、初めてだった。ドギマギとし、藤原から顔を背《そむ》けてコクンと喉《のど》を鳴らす。

本当の自分？

大学や街中で、できるだけ目立ちたくないとは思っているけれど、意図的に抑制しているつもりはない。

なんだろう。変な気分だ。この男と目を合わせていたら、自分がどうなるか……なにを言い出すか、わからない。

どのような時も冷静であるよう心がけているのに、不安定さを引き出すこの男は……苦手だ。早く役目を果たして、縁《えん》を切りたい。

そんな危機感が胸の奥底から沸《わ》き上がり、ギュッと手を握《にぎ》り締めた。

「今日こそ、きちんと『観月』を遂行《すいこう》したいです。寝《ね》られないとか言って雑談をせずに、できる限り協力してください」

感情を押し殺し、意識して抑揚《よくよう》の乏《とぼ》しい声で事務的に告げる。佳月の頭をポンと軽く叩《たた》き、藤原の手が離《はな》れて行った。

「わかった。まぁ……正直やっぱり、半信半疑だが」

苦笑《くしょう》した藤原は、スーツの上着を脱《ぬ》ぎ捨ててネクタイも解く。無造作に部屋の隅に投げ捨てると、シャツのボタンを上から二つ外して大きく息をついた。

「半信半疑じゃないですよね。八……九割くらい、信じていない」

「そう言うなって。俺は徹底《てってい》した現実主義なんだ。数字を並べてきっちり計算できるものか、自分の目で見て確かめられないもの以外は信じられねぇ」

そんなふうに言われてしまうと、佳月に残された道はきちんと『観《み》て』事実だと証明することのみだ。

簾《すだれ》の向こうに戻《もど》れと言うのも今更《いまさら》かと嘆息《たんそく》して、漆塗《うるしぬ》りの膳《ぜん》を指差した。

「お神酒《みき》と、薬湯を飲んでください」

「ああ。ぅ……やっぱり、マズいなぁ」

先にお神酒の杯《さかずき》を口にした藤原は、苦々しい顔をしながらも湯呑《ゆの》みに入った薬湯を一息で飲み干す。

藤原に乱されそうになった平穏《へいおん》を取り戻すため、目を閉じて深呼吸を数回繰《く》り返し……ゆっくりと瞼《まぶた》を開いた。

「では、寝具に横になってください」

「ああ……ここでいいか？」

チラリと簾を振り向いた藤原は、佳月に尋ねているようでいて返事を待つことなく、身体《からだ》を横たえた。

簾の向こう側、藤原のために用意した寝床《ねどこ》に戻れと答えるタイミングを逃《のが》してしまった。

藤原は、自分の腕《うで》を枕代《まくらが》わりに頭の下へと敷《し》き込んで、悠々《ゆうゆう》と寝転がっている。

「いい眺《なが》め。デカい月だなぁ」

「そのための、場ですから」

ぼんやりと答えて藤原を見下ろす佳月の目は、戸惑《とまど》いを滲《にじ》ませているはずだ。それなのに、視線が絡《から》んだ佳月にニヤリと笑いかけてきた。

唇《くちびる》を引き結んだ佳月は、目を逸らして視界から藤原を追い出す。

ダメだ。この男を前にしたら、『かぐや』でいられなくなってしまいそうだ。

「藤原さんは、こちらでお休みになってください。おれが、あっちに……」

仕方なく、自分があちら側に行こうかと腰を上げかけた佳月の手首に、藤原の指が絡みついてくる。

「え？　わっ……！」

何事かと驚《おどろ》いて藤原を見下ろしたのと同時に、摑《つか》んだ手を強く引かれた。中途半端《ちゅうとはんぱ》に立ち上がりかけていた身体がバランスを崩し、寝具に倒《たお》れ込んでしまう。

慌《あわ》てた佳月が飛び起きるより早く、藤原の腕の中に抱《だ》き込まれてしまった。

「なに、子供みたいなふざけ方して……っ」

この男は、なにを考えている？　大きな図体《ずうたい》をした理屈《りくつ》の立つ子供なんて、とことんタチが悪い。

身体に絡みついてくる藤原の腕から逃れようと、身動ぎしながら苦情をぶつける。

「放せよ。暑苦しいっ」

体格の差なのか、そういうコツがあるのか、力任せに息苦しいほど強く抱き込まれているわけではないのに、藤原の腕の中から逃れられない。

睨《にら》みつけても、佳月の抵抗《ていこう》など微々《びび》たるものだと言わんばかりに、藤原は余裕《よゆう》の滲む声で言い返してきた。

「ククク、やっと『かぐや』じゃなく『佳月』の顔が見られた。取り繕《つくろ》っても今更なんだから、お行儀《ぎょうぎ》のいいしゃべり方をしないでいい。おまえも、ここで寝たらいいだろ。手を繋《つな》ぐ……ってことは、接触《せっしょく》していたらいいわけだ？」

「そう……だけど」

一つの寝具に、密着して？

こんな『観月』の仕方など、実践《じっせん》したことはもちろん考えたこともない。

戸惑い、睨み上げていた顔を伏《ふ》せて、藤原が着ているシャツのボタンをジッと目に映す。

「くっつく面積が広いほうが、効果的なんじゃないか？」

「知らない。手を繋ぐ以外、したことないし。だいたい、窮屈《きゅうくつ》だろ。こんなにピッタリ密着していたら、寝心地もよくないと思うんだけど」

これほど他人と密着していたら、佳月だけでなく藤原も落ち着かないのでは。

そう思って言葉を投げつけると、とんでもない方向へ打ち返してきた。

「……って、あれ？　誰《だれ》とも寝たことがないみたいな言い方ってことは……童貞《どうてい》か？　モテそうな見てくれなのに、もったいない」

カッと首から上が熱くなったのは、図星のど真ん中を指されたせいだ。

そのことを不満に感じたことはないが、佳月は男女交際の経験がない。十三歳で編入した中高一貫《いっかん》の学校は男子校だったし、大学に入ってからは男女問わず遠巻きにされていて……佳月自身、積極的に異性と親しくなりたいと考えたこともないのだ。

なにより、藤原のように無遠慮《ぶえんりょ》にこの手の話を振ってくる人間などいなかったせいで、自分でもどうかしていると思うほどドギマギした気分になる。

「っっ、下品な質問に答える義理はない！」

「おお……初々《ういうい》しい反応。耳、赤いんだけど」

藤原の胸元《むなもと》に抱き込まれているから、幸い顔は見られないはずだ。ただ、耳だけは隠《かく》しようもなくて、紅潮していることを指摘《してき》される。

身を縮ませた佳月は、目の前にある藤原の肩口《かたぐち》に拳《こぶし》を叩きつけて言い返した。

「うるさい。本当にデリカシーがないなっ」

「ッ……可愛《かわい》いから勘弁《かんべん》してくれ」

言葉を切った藤原の身体が、かすかに震《ふる》えている。一応、佳月に遠慮して声を殺して笑っているらしい。

なんなんだ、この男。

無遠慮で、豪胆《ごうたん》で、子供みたいに屈託《くったく》なく笑ったかと思えば、子供ではあり得ない話題を持ち出して佳月をからかう。

冷静であろうとしても、容易《たやす》く掻き乱されてしまう。

「悪い。反応が新鮮《しんせん》だから、つい。怒《おこ》るなよ」

佳月が身体を強張《こわば》らせていることがわかるのか、ポンポンと宥《なだ》めるように軽く背中を叩きながら声を和《やわ》らげて話しかけてきた。

子供扱《あつか》いされているみたいで腹立たしいのに、身体に絡みつく腕を振《ふ》り払《はら》えない。

「怒ってるんじゃない。呆《あき》れているだけだ」

藤原の肩口に額を押しつけて、くぐもった声で反論した。悪趣味《あくしゅみ》なからかいに腹を立て、拗《す》ねていると思われるのはプライドに関《かか》わる。

これまでに、かなり素《す》の姿を見せてしまっているので、クールなように装《よそお》ったところで滑稽《こっけい》なだけかもしれないが。

「悪かったって」

そう言いながら佳月の背中をそっと撫《な》でていた手が、徐々《じょじょ》にゆっくりになり……動きを止めた。

藤原はもうなにも言おうとせず、静かな時間が流れる。

絶好の機会だ。今なら、『かぐや』としての役割を果たすことができるはずで……お膳立《ぜんだ》てはすべて整っている。

目を閉じて眠《ねむ》りを待とうとしても、身体に乗せられた腕の重みや藤原の体温、密着した胸元から伝わってくる鼓動《こどう》がやけに気に障《さわ》り、意識が散り散りになってしまう。

これまでも、様々な年代や男女の別なく『観る』ために手を触《ふ》れ合わせて眠った。

確かにこんなにも密着したことはないけれど、意味としてはさほど違《ちが》いがないのだから、眠ってしまえ……と自己暗示をかけようとしても、眠りの一端《いったん》さえ感じられない。

なにか特別、変わったことをされているわけではない。ただ、長い腕の中に抱き込まれているだけだ。

それなのに、佳月の心臓はどんどん鼓動を速くする。

藤原は、眠ったのだろうか？　眠っていれば触れている佳月も誘導《ゆうどう》されるはずだから、起きている？

息を潜《ひそ》めて藤原の気配を窺《うかが》っていると、頭のすぐ脇《わき》で低い声がつぶやいた。

「なーんか、妙《みょう》な気分になりそうだな。セックス関係なく、職場やら悪友との雑魚寝《ざこね》でもなく、こんなふうにただ抱いて寝るって……特殊《とくしゅ》な状況《じょうきょう》だもんなぁ」

佳月がビクッと肩を震わせたことに、気がついたはずだ。それなのに藤原は揶揄《やゆ》するわけでもなく、ポンと背中を軽く叩《たた》く。

あまりにも心臓が激しく脈打ち、血液が身体中を猛《もう》スピードで駆《か》け廻《めぐ》る。そのせいで、指先までズキズキ疼《うず》いているみたいだ。

佳月は声が震えないよう細心の注意を払い、藤原に言い返した。

「じ、じゃあ手を離《はな》せばいいのに。こんなにピッタリくっつく必要なんか、たぶんない」

佳月の緊張《きんちょう》や、必死で動揺《どうよう》を抑《おさ》え込んでいることなど知る由《よし》もない藤原は、これまでと変わらない調子で口を開く。

「ん？　佳月を抱くのは悪くないぞ。好みのキレーな顔で、抱き心地《ごこち》までよくて、不埒《ふらち》な真似《まね》ができんってことだけは惜《お》しいけど」

悔《くや》しい。自分だけが、この状況にドキドキして、心を乱されている。

そう目前に突きつけられているみたいで、悔し紛《まぎ》れに元凶《げんきょう》である藤原の脇腹《わきばら》をシャツ越《ご》しに抓《つね》ってやる。

「イテェんですけど、かぐやさん」

「不敬の報《むく》いがこれくらいで済んだと、ありがたがれ」

「……なるほど、そうきたか。ククッ……やっぱりいいな、佳月」

藤原は痛いと言ったけれど、大したダメージではないはずだ。笑いながら無造作に髪《かみ》を撫で回されて、グッと奥歯を噛《か》み締《し》めた。

ダメだ。またしても、この男のペースに巻き込まれそうになっている。このままでは、今回も『観《み》る』ことができずに朝を迎《むか》えてしまいそうだ。

最初から、藤原は『かぐや』に猜疑《さいぎ》心《しん》を抱《いだ》いていたとわかっているが、もう少しだけ協力的になってくれないだろうか。

眠る努力をしてもらえるだけでも、違うはずだ。

「おれの、かぐやの力を証明するのは……目に見えないものだから、難しい。だけど……たとえば過去でも、観たら信じる？」

少し考えた佳月は、藤原にそう提案してみる。

依頼《いらい》されたのは一、二ヵ月以内という近い未来だが、『かぐや』の能力は過去を『観る』ことも可能だ。

どうにかして、眉唾物《まゆつばもの》ではないのだと信じさせたい。

そんな佳月の問いに、藤原はしばし思案の表情を浮《う》かべていたけれど、

「うーん……そうだなぁ。過去は、どうとでも調べられるからナントモ……だが。まぁ、試《ため》してみる価値はあるか」

小さく嘆息《たんそく》して、うなずいた。

佳月は、受け入れられたことにホッとして唇《くちびる》を綻《ほころ》ばせた。

まだ、信憑性《しんぴょうせい》は疑っているはずだ。でも、端《はな》から無意味だと横を向かれない程度には、『かぐや』というものを信じようとしてくれている証拠《しょうこ》だろう。

「で、どうするんだ?」

「特に、どうということは……条件は整っているし、藤原さんが寝てくれたら勝手に深層心理を探《さぐ》らせてもらう。過去の、気になることを思い浮かべながら目を閉じて……すぐに眠れなくてもいいから、そのまま身体《からだ》の力を抜《ぬ》いてて」

長い腕《うで》に抱《だ》き込まれたままの体勢で左手を上げた佳月は、そっと藤原の目の上を手のひらで覆《おお》う。

試してみようと言う言葉に嘘《うそ》はないらしく、藤原は余計なことは口にせず佳月の言葉に従ってくれた。

藤原の目元を覆っていた手を離しても、瞼《まぶた》は伏せられたままだ。印象の強い瞳《ひとみ》が隠れていると、品よく整った容貌《ようぼう》が強調される。好奇心《こうきしん》の強い子供のような目をしているから、少年じみた雰囲気《ふんいき》になるに違いない。

これほど近くで他人の顔を見ることなどないせいか、一度は落ち着きつつあった動悸《どうき》がまた騒《さわ》ぎ始めそうだ。

無言で藤原の顔から視線を逸《そ》らした佳月は、目を閉じて深く息をついた。

藤原と呼吸のタイミングを合わせて、可能な限り意識を同調させる。触れ合っているところから、じわじわ体温が伝わり……佳月としての自我を切り捨てる。

透明《とうめい》な天井《てんじょう》から降り注ぐ満月の光が自分に集まり、全身を包むのがわかった。閉じた瞼の裏も、思考も真っ白になり、佳月という個が月光に融《と》け込む……。

ふわりと浮くような心地《ここち》に身を任せ、密着している藤原にだけすべての意識を傾《かたむ》けた。


「ッ……」

眩《まぶ》しい。朝陽《あさひ》が透明の天井を透過《とうか》して、降り注いでいる。

瞼を震わせた佳月は、ふっと短い息をついてゆるやかに現実へと戻《もど》ってきた。完全な覚醒《かくせい》には、もう少し時間が必要だ。

「ん？……眩し……な」

低い声が至近距離《きょり》から聞こえてきて、ビクリと肩を強張らせる。恐《おそ》る恐る顔を上げた佳月の視界に映ったのは、ポツポツ髭《ひげ》の生えかけた精悍《せいかん》な男の顔。

あまりにも距離が近いことと相俟《あいま》って誰《だれ》かわからず、全身に緊張を張り巡《めぐ》らせたけれど、この顔には見覚えがある。

「藤……原」

あの男だ。藤原陽弦。

自分を抱き込んでいる男が誰なのか認識《にんしき》した途端《とたん》、身体の力が抜ける。

……そうだった。藤原を『観る』ために、同衾《どうきん》したのだ。のん気なことに、藤原の腕の中に抱き込まれたまま朝を迎えてしまったようだ。

一気に身体の血の巡りがよくなったらしく、ぼうっとしていた意識が鮮明《せんめい》になった。

寝具《しんぐ》に上半身を起こしたところで、控《ひか》え目に扉《とびら》をノックされる。

「かぐや……よろしいですか？」

大伴の声に、ビクリと手を震《ふる》わせて藤原の肩を摑《つか》んだ。耳元に顔を寄せると、潜めた声で名前を呼びかける。

「藤原さんっ、大伴が来た。あっち、戻って！」

「ああ……うわ、いい目覚めだな。好みの顔が、こんな近くに」

ゆっくりと瞬《まばた》きをした藤原が、ふっと笑《え》みを浮かべる。これはもしかして、寝惚《ねぼ》けているのかもしれない。

「いいから、あちらに」

「んー……」

相変わらず緊張感《きんちょうかん》のない軽口に眉《まゆ》を顰《ひそ》め、早くあちらへ戻れと急《せ》かそうとした佳月に向かって、寝転がったまま手を伸《の》ばしてきた。

「え？」

自然な仕草で頭を引き寄せられ、やんわりと唇が触《ふ》れ合わされる。

頼《たよ》りない感触《かんしょく》に続き、ぬくもりが伝わってきて……自分の身になにが起きているのか理解した途端、カッと顔面が熱くなった。

「っ、なにして……だっ！　バカッ」

慌《あわ》てて上半身を起こして、藤原の顔に枕《まくら》を押しつける。扉のすぐ外に大伴がいることがわかっているので、大声で罵倒《ばとう》できないのが悔しい。

右手の甲《こう》で口元をゴシゴシと拭《ぬぐ》っていると、上半身を起こした藤原が苦笑《くしょう》を浮かべて佳月の頭に手を置いた。

「そんな、バイキン扱《あつか》いしなくてもいいだろ」

「バイキン以下だ。少なくともバイキンは、キス泥棒《どろぼう》なんかしない」

藤原の手を払《はら》い落としながら、震えそうになる声で言い返す。目を合わせられなくて、口元を覆ったままうつむいた。

顔中が……顔だけでなく、手も足も、身体全体が熱い。手の甲で唇を拭っても、あの頼りないようなかすかな感触が消えないのは、どうしてだろう。

「かぐや？　どうかしましたか？」

「ッ……なにもない。入っていい」

惚けている場合ではない。

我に返った佳月は、藤原の身体を両手で力いっぱい簾《すだれ》の向こうに押しやって、怪訝《けげん》そうな声で呼びかけてきた大伴に答えた。

数秒の間をおいて、「失礼します」という声と共に扉が開く音が聞こえてくる。

簾は揺《ゆ》れていたかもしれないが、これ以上取り繕《つくろ》うのは今の佳月には無理だ。

「……どーも。おはよーございます」

何事もなかったかのような飄々《ひょうひょう》とした声で、藤原が大伴に話しかけている。佳月は、いつになく乱れた寝具を簡単に整えて自分の身体を見下ろした。

たぶん、大丈夫《だいじょうぶ》。特別、変わったところはない。

「隣室《りんしつ》でお待ちになってください。『かぐや』の『観月』の結果を、伺《うかが》ってきます」

「了解《りょうかい》しました」

衣擦《きぬず》れの音……藤原が立ち上がり、戸口に向かう。

簾越《すだれご》しに様子を窺《うかが》っていた佳月は、次の瞬間《しゅんかん》大伴の口から出た言葉に心臓が止まりそうなほど驚《おどろ》いた。

「寝具がさほど乱れていませんが」

「俺、寝相《ねぞう》がいいんだ。現場だと、寝袋《ねぶくろ》で寝たり……職場の机に突《つ》っ伏《ぷ》したりって窮屈《きゅうくつ》な状態で寝るのに、慣れてるせいかな」

わからない。

「なるほど。人は見た目によりませんね」

「ですねー」

ははっ、と小さく笑った藤原が部屋を出て行ったのがわかった。

見事な切り抜け方だ。指摘《してき》を受けたのが佳月では、これほど無難に場を取り繕えたかどうか
わからない。

小さなため息に続いて、簾の向こうから大伴が話しかけてくる。

「簾を上げてもよろしいですか、『かぐや』?」

「うん」

佳月が答えると、ゆっくり簾が巻き上げられた。赤い組紐《くみひも》で留めると、佳月の目の前に大伴
が膝《ひざ》をつく。

「なにが『観《み》え』ましたか?」

「それが、今回も『観え』なかった」

真っ白な寝具を見下ろした佳月は、ポツリと口にする。

本当は、なにも『観え』なかったわけではない。

あれはきっと……藤原に提案した、過去だ。

でも、当主に言いつけられたわけではない勝手な行為《こうい》を大伴には言えなくて、観られなかっ
たのだと誤魔化《ごまか》す。

「どうしたことでしょうか。やはり一度、先代に直接ご相談されたほうがよろしいかもしれま

せんね」

「……ん」

　うな垂れた佳月が、うまく『観月』をこなせなかったことで消沈《しょうちん》していると思ったのか、大伴はいつになく声を和《やわ》らげて言葉を続けた。

「では、私は依頼《いらい》者にその旨《むね》を伝えて参ります。……あのデリカシーに欠ける粗雑《そざつ》そうな依頼者が、『かぐや』の集中を阻害《そがい》したのではないかと思いますが。当主も、もう少し人選を慎重《しんちょう》にしていただきたいものです」

　珍《めずら》しく当主に対する苦言を零《こぼ》し、床《ゆか》についていた膝を伸ばす。

　大伴が小部屋を出て行ったことを確かめて、顔を上げた佳月は朝陽を浴びながら特大のため息をついた。

　先ほどと同じように手の甲で唇《くちびる》を擦《こす》り、未《いま》だそこに留《とど》まっているような、あの無礼な男の唇の感触を払拭《ふっしょく》しようとする。

「なんなんだ、あの男」

　信じられない。いくら寝惚けていたからといっても、あんなこと……。ろくに抵抗《ていこう》できなかった自分に対しても、腹立たしい。

　慌ただしく簾の向こうに追い出したから、存分に文句をぶつけることもできなかったし、肝《かん》心《じん》なことも言いそびれてしまった。

「あれ、どうやって藤原さんに伝えよう……」

昨夜『観た』ものを話して聞かせたところで、信じてくれるか……それでも『かぐや』など信じられないと、眉を顰めるか。

藤原の反応は予想もつかないが、まずは当人に伝えなければならない。

《六》

当主の許可も得ずに勝手なことをした満月の夜から、二日。
佳月が策を見つけられずにいると、藤原のほうから接触《せっしょく》を図《はか》ってきた。
いつも通りに一人で学食の隅《すみ》で昼食を取り、箸《はし》を置いた……そのタイミングを見計らってい
たかのように、ポケットに入れてあるスマートフォンが振動《しんどう》して着信を知らせる。
大伴か、竹居本家からだろうと予想しながらスマートフォンを取り出した佳月は、動きを止
めて眉を顰めた。
「……この番号、誰《だれ》だ？」
スマートフォンの画面に映っているのは、090から始まる数字のみだ。登録してある相手
だと名前も一緒《いっしょ》に表示されるはずだが、見当たらない。
不審《ふしん》な着信には応対しない。無視するのが一番だと、子供ではないのだからわかっている。
画面を睨《にら》んでいるあいだに振動が止まり、ホッとした直後に再び同じ番号が表示される。
なにかに操《あやつ》られるように、眉を顰めたまま通話マークに指先で触れた佳月は、無言で耳に押
し当てた。
「……」

佳月は一言も声を発さなかったのに、電話の向こうからは笑《え》みを含《ふく》んだ男の声が聞こえてくる。

『呼び出し音が途切《とぎ》れた……ってことは、電話に出たな？　佳月だろ』

「藤原……さん？」

聞き覚えのある低い声に驚いた佳月は、反射的に耳からスマートフォンを離《はな》して無意識に通話を終了《しゅうりょう》させる。

藤原の声だと思ったけれど、違《ちが》う？

いや、あちらは間違いなく佳月の名前を呼んだのだから、このスマートフォンの主が自分だと知っている人物だ。やはり、藤原か？

唖然《あぜん》としている佳月を急《せ》かすように、スマートフォンがまたしても震《ふる》えて電話を着信したことを知らせてくる。

「っ！」

ビクリと肩《かた》を震わせた佳月は、恐《おそ》る恐る指先でスマートフォンの画面に触れた。直後、先ほどと同じ声が流れてくる。

『俺だとわかっているのに、切るなよ佳月。傷つくだろ』

「本当に藤原さん？　なんで、おれの電話……」

藤原に、この番号を知らせた記《き》憶《おく》はない。

佳月の個人的な連絡《れんらく》先など竹居の関係者しか知らないはずで、そう簡単に調べようもないはずなのに、どうしてわかったのだろう。

不気味や不審というよりも、純粋《じゅんすい》な疑問を感じる。狐《きつね》に抓《つま》まれたような……とは、こういう心地《ここち》だろうか。

戸惑《とまど》うばかりの佳月をよそに、藤原はこれまでと変わらないマイペースさで疑問の答えをくれた。

『前に居酒屋で、スマホを見せてくれって手に持っただろ。あの時、ちょっとだけ弄《いじ》らせてもらって番号を見た』

「は……あ。あんなの、今になって……」

確かに、藤原が「最新機種か？」とかなんとか言いながら興味を示したので、スマートフォンを触《ふ》れさせた記憶がある。

でも、それは佳月の目の前で、ほんの十数秒だったはずだ。

自分のものとの通信を試みる等、不審な動きをしていたら確実に気づいたはずなのに、そんな憶《おぼ》えはない。

なにより、その後も雑談をしたり佳月が初めて口にする料理を説明しつつ勧《すす》めてきたりして……目にしたという番号を、どこかに書き留めた様子もなかった。

「いつ、登録して……全然、わかんなかった」

『チラッと表示しただけだからな。頭の中に登録した。俺、数字には強いんだ』

藤原の記憶力に感嘆《かんたん》している場合ではないと思うが、視線を走らせただけで十一ケタの数字を一つの間違いもなく覚えたのならすごい。

呆気《あっけ》にとられて、怒《おこ》るタイミングを逃《のが》してしまった。

『あの場で真正面から連絡先を教えろと言っても、断られるのがわかっていたからな。俺の番号を教えても、ゴミ箱行きだろうし。あの後、すぐに連絡を取ろうとしたら有無《うむ》を言わせず着《ちゃっ》拒《きょ》だったろ？　でも、今は……少なくとも、速攻で切ろうとはしないよな』

「……はぁ」

ある意味、見事な洞察《どうさつ》力と分析《ぶんせき》力だ。佳月がやりそうなことを、ズバリと言い当てている。

藤原の言うとおり、あの居酒屋で個人的な連絡先を聞かれても答えることなどなかったし、藤原のものを押しつけられたらすぐさま捨てていた。

『大人になったら、良くも悪くも知恵《ちえ》が働くんだよ』

佳月が唖然としているのがわかるのか、電話の向こうで低く笑った気配がした。

耳のすぐ傍《そば》で藤原の声を聞いていると、同じようにこの声を聞いた特殊《とくしゅ》な状況《じょうきょう》を嫌《いや》でも思い出す。

長い腕《うで》の中に抱《だ》き込まれて、密着した身体《からだ》から伝わる体温を感じながら眠《ねむ》りに潜《もぐ》った。

「あ……藤原さんに、言わなければならないことがある。この前の……ことについて」

そうすることが必要だった理由と、藤原に伝えなければならないと考えていたことを思い出して、回りくどい言い方で匂《にお》わせる。

他人に聞かれないよう……もし聞かれても意味がわからないよう、細心の注意を払《はら》う佳月をよそに、藤原はあっさりと答えた。

『ああ。いいぞ』

「よくない。電話では……言えない」

周囲に、大勢の学生がいる食堂だ。誰に聞かれるかわからない。そうでなくても、電話などで簡単に話せることではない。

『それなら、次の土曜に大伴さんを撒《ま》いて出て来いよ。デート、しよう。ついでに、話を聞かせてくれ』

「デー……」

藤原は軽く口にしたけれど、佳月には馴染《なじ》みのない単語は復唱することもできず、曖昧《あいまい》に言葉を濁《にご》す。

変な顔になっているかもしれないと、うつむいて表情を隠《かく》した。

「撒く、ってどうやって」

『さぁな。俺には大伴さんがどこまで佳月にベッタリなのか、よくわからん。二十四時間のボディガードで、一時も離れられんってわけじゃないだろ？』

「う……ん。じゃあ、大学の研究室か図書館に用事があるってことにする。車で送迎《そうげい》はするけど、さすがに学内にまではついてこない」

『わかった。俺が大学まで迎《むか》えに行くか。学校はどこだ？　落ち合うのに都合のいい場所も、教えろ』

プライベートを明かすのに、躊躇《ためら》いがないわけではない。佳月は『かぐや』の依《よ》り代《しろ》のようなものであり、『かぐや』の安全を考えれば接する人間は少ないほうがいい。少なくとも、これまではそう心がけていた。

友人らしい友人も作らず、マンションと大学の往復以外では私的な外出もほとんどせず、依《い》頼《らい》者とも直接顔を合わせない。

でも……なにかと型破りな藤原は興味深いし、もっと知りたいなどという誰にも感じたことのない不可解な感情が湧《わ》いてくる。

接触したことを大伴に隠さなければならない人間など、これまでは一人もいなかったのに、藤原は突《つ》き放しきれない。

その理由は、佳月自身にはわからないけれど。

「大学は……」

頭の隅を、険しい表情で仁王立《におうだ》ちする大伴の姿が過《よ》ぎったけれど、見えない位置に押しやって口を開いた。

□□□

「お迎えは、十七時でよろしいですか？」

いつもと同じ、大学の門の手前で車を停《と》めた大伴が、バックミラー越《ご》しに佳月に目を向けて尋《たず》ねてくる。

佳月は視線が絡《から》む直前に身体を捻《ひね》り、答えながらドアを開けた。

「うん。それくらいには、切り上げる」

「わかりました。では、時間が変更《へんこう》になるようでしたらご連絡ください」

大伴と目を合わせることもなくうなずいて、車から降りる。歩道を進んだ佳月が大学構内に入るのを確認《かくにん》して、ゆっくりと車が動き出した。

大伴の目がなくなったことで、ホッと肩の力を抜《ぬ》く。

こんなふうに、大伴に嘘《うそ》をついて誰《だれ》かと出かけるのは初めてだ。構内を歩く足の運びが、自然と速くなる。

「あ、もう来てる」

待ち合わせ時間には、まだ十分ほどある。けれど、藤原は既《すで》に待ち合わせ場所である大学図書館の前に立っていた。

長身を目にした途端《とたん》、トクンと心臓が大きく脈打った。佳月にとって初めてだった唇《くちびる》と唇の接触《せっしょく》は、記憶から消し去ろうとしても忘れられるわけがない。

手元の書類らしきものに目を落としている藤原は、少し離れたところから佳月が見ていることに気づかないようだ。

歩を緩《ゆる》ませて、藤原の少し前で足を止める。

「あの」

佳月がどう話しかけようか迷うまでもなく、視線を落としていた書類から顔を上げた藤原が右手を突き出してきた。

「スマホ、出せ」

「え？」

なんの前触《まえぶ》れもない唐突《とうとつ》な言葉の意味がわからなくて、佳月はキョトンとした顔になっているはずだ。

クッと唇の端《はし》を吊《つ》り上げた藤原は、その理由を簡潔に語る。

「GPS機能がついてんだろ。オフにする。……いいよな？」

「あ、そっか……大学から移動したら、おかしいって思われるんだ。うん。後でなにか言われるかもしれないけど、適当に誤魔化《ごまか》す」

佳月が大学から移動したことに気づいても、まさか追跡《ついせき》までして居所を突き止めようとすることはないだろうと、笑えなかった。

大伴の『かぐや』に対する過保護振《ぶ》りを考えれば、あり得ないことではない。

佳月が渡《わた》したスマートフォンを手早く操作した藤原は、「ほら」と返してきた。それを受けとりながら、目の前に立つ藤原をマジマジと見つめる。

「なんだ。そんなに熱い目で見て……俺って、見とれるほどいい男か？」

微笑《びしょう》を浮《う》かべた藤原が、背を丸めて佳月に顔を寄せてくる。

朝陽《あさひ》を浴びながら、間近でこの顔を見た……藤原は爪《つめ》の先ほども気にしていなさそうな、掠《かす》めただけのキスを鮮明《せんめい》に思い出してしまい、カッと顔が熱くなる。

悔《くや》しい。佳月は努力して普通《ふつう》に話しかけたのに、藤原はいつもとまったく変わらない態度だ。あんな些細《ささい》な接触など、この男の中ではなかったに等しいに違《ちが》いない。自分だけが意識していると思われるのが癪《しゃく》で、藤原の顔を押し戻《もど》して睨《にら》み上げた。

「ち、違う。……そんな格好をしていたら、ここにいてもあんまり違和感《いわかん》ないなって思っただけだ。普通に、学生で通用しそう」

場を誤魔化すため苦し紛《まぎ》れに持ち出した話題だが、思ってもいない出まかせではない。

もともと、藤原の持つ雰囲気《ふんいき》が会社員のものではないことも原因だと思うが、ブラックデニムにシンプルな水色のシャツ、濃紺《のうこん》のボディバッグを肩《かた》から斜《なな》め掛《が》けにしている。足元はスポーツブランドの黒いシューズと、学生としても変哲《へんてつ》のないものだ。

見事なほど、大学という場に馴染《なじ》んでいた。

ジッと藤原を観察する佳月に、藤原は苦笑《くしょう》を浮かべて自分の身体を見下ろす。

「あー……まぁ、二年くらい前までは大学っつーか、院に通っていたからな。学生って身分から抜けて、そんなに経《た》ってねぇし」

「……そうなんだ」

曖昧に答えて、目を瞬《まばた》かせる。

藤原のプライベートについては、なにも知らない。尋ねるまでもなく聞かされた、名前と歳《とし》くらいだ。

「今も、やってることは大して変わらないけどな。じゃ、動くか。電車とバスとタクシー、どれにする？」

「電車」

即答《そくとう》した佳月は、藤原の先に立って歩き始める。

大伴がいないことはわかっているが、念のためいつも自分が使っている正門とは別の出入り口を使うことにして、広い構内を横断した。

佳月は速足で歩いているのに、藤原は特に急ぐ様子もなくついてくる。身長が違うのだから、足の長さ……ストライドが違うのも当然だが、なんとなく面白《おもしろ》くない。

意地になって藤原を見ることもなく一心不乱に歩き続け、最寄《もよ》りの駅に到着《とうちゃく》する頃《ころ》にはすっかり息が切れていた。

「えーっと、ここからだと……」

密《ひそ》かに息を整えている佳月をよそに、藤原は涼《すず》しい顔で券売機の上にある路線図を見上げている。

「ほら、佳月の分」

「……どうも」

差し出された切符《きっぷ》を受け取り、ようやく整った息をつく。

憎《にく》たらしいなどと思い、誰かに張り合おうとする……自分の子供じみた部分を、初めて知った。

ゼミでは、クールを通り越して南極か北極並みの冷淡《れいたん》さだと言われているのに。

「酔《よ》いそうになったら格好つけずに言えよ。やせ我慢《がまん》して、ダウンするほうがみっともないからな」

そんなにひ弱ではない、と反論しかけた言葉を飲み込んだ。

藤原には、ラッシュの人混《ひとご》みと慣れない電車の振動《しんどう》に乗り物酔《よ》いして、ホームでぐったりしていたことを知られている。

「ラッシュじゃないし、そうそう酔わない」

平静を装《よそお》って言い返しても、分が悪いことはわかっていて目を泳がせてしまう。

藤原はそんな佳月をからかうでもなく、仕方なさそうに仄《ほの》かな苦笑を唇に浮かべて、頭にポンと手を置いてきた。

「それならいいけどな。行くぞ」

改札を視線で指されて、コクンとうなずく。

まただ。藤原の前では、上手《うま》く取り繕《つくろ》うことができなくなる。ペースを崩《くず》される一方で……でも、それがさほど不快ではないのが一番不思議だ。

「あ……」

藤原は、佳月を必要以上に過保護に扱《あつか》ってエスコートしようとしない。ぼんやりしていたら、置き去りにされそうだ。

改札を抜ける広い背中を見失わないよう、小走りで追いかけた。


「宇宙博……地球に存在する岩石と宇宙新鉱物？」

意外にも、藤原に連れて行かれたのは小ぢんまりとした博物館だった。常設のものではなく特別展が開かれているらしく、大きなポスターに出迎《でむか》えられる。

どうやら、太陽系宇宙についての展示がなされているらしい。

「サブテーマが、な？　勤め先に案内状が来た時に、一番に佳月の顔が思い浮かんだ。あんまりうろうろしなさそうだし、連れ出すか……って思ったんだ」

藤原がポスターの下のほうに書かれているサブテーマを指差し、佳月を振《ふ》り向いて唇の端を吊り上げる。

促《うなが》されるままそこに視線を走らせて、少しだけ眉《まゆ》を顰《ひそ》めた。

「月とかぐや姫《ひめ》と、地球外生命体の可能性について？　冗談《じょうだん》っていうか大人の遊びなのか、科学的に本気で考察しようとしているのか……疑問だ」

地球外生命体はともかくとして、かぐや姫という一言が出てくると、手の込んだ冗談としか思えない。

わざわざこんなところまで連れて来て、佳月をからかうつもりか……と、横目で藤原を見遣《みや》った。

腕組《うでぐ》みをしてポスターを見ている藤原は、意外にも真顔だ。佳月と目が合っても、意地の悪い笑《え》みを浮かべることなく口を開く。

「本気の冗談っつーか……半々じゃねぇかな。少なくとも、展示内容は真っ当だぞ。隕石《いんせき》の欠片《かけら》の成分分析《ぶんせき》なんかをウチでやったから、間違《まちが》いない」

からかわれるのでは、という疑いは濡《ぬ》れ衣《ぎぬ》だったらしい。

捻《ひね》くれた考え方をして申し訳ないと反省しかけて、これまでの藤原の行いのせいだと心の中で責任転嫁《てんか》する。

「佳月？　興味、ないか？」

「興味がないわけじゃない。……藤原さん、なんの仕事してるのか聞いていい？」

ウチで隕石の成分分析をした、という一言が引っかかった。

一般的《いっぱんてき》な会社員ではないということは薄々《うすうす》感じていても、具体的なことはわからないままだ。

時に、眠《ねむ》ることもできないほどの激務。

野外らしき場所で、寝袋《ねぶくろ》で眠ることもある。

隕石などの鉱石の成分分析が可能な、特殊《とくしゅ》な機器を備えている。

ヒントの欠片はいくつか耳にしているけれど、佳月にはそれらを組み立てることができなかった。

おずおずと尋《たず》ねた佳月に、藤原は少しだけ背を屈《かが》めて顔を寄せてくる。佳月の顔を覗《のぞ》き込むようにしている藤原の表情は……いたずらっ子モードだ。

「なんだ、俺のことをもっと知りたいって？」

ニヤニヤ笑いながらそんなふうに聞かれて、ムッと顔を背《そむ》けて言い返した。

「別にっ。言いたくないならいいよ。藤原さんのことを、特別に知りたいわけじゃないから」

「おや、残念」

可愛《かわい》くない態度だと思うのに、藤原はククッと笑って屈めていた背を伸《の》ばす。巧《たく》みに、はぐらかされてしまったような気もする。

「拗《す》ねるな。ほら、チケット。せっかくなんだから、見ていくだろ」

背けた顔の前に、綺麗《きれい》な天体写真と共に招待券と印刷されたチケットを差し出される。無言でそのチケットを受け取り、藤原に目を向けることなく入り口ゲートへと歩を進めた。

「おいおい、俺を置いていくなよ」

佳月は速足なのに、藤原は憎たらしいことにゆったりとした大股《おおまた》で追いついてくる。

唇《くちびる》を引き結んだ佳月は、視界の隅《すみ》に映る黒いシューズを睨んだだけで、図々《ずうずう》しく肩を並べてきた藤原を無視して歩き続けた。

「せっかくなんだから、順路を無視するな」

「あ……」

大股で歩いていた佳月だったが、藤原に肩《かた》を叩《たた》かれて足を止める。右手に持っていた展示に関するものと施設《しせつ》案内のパンフレット二種を、ようやく広げた。

施設案内のパンフレットによれば、一階に大小の展示室が五つあり、二階はホール状の広い空間と常設の小さな展示スペースがある。

博物館の建物自体も小ぢんまりとしているが、今回の特別展で展示されているものも大規模ではない。

駅から少し離《はな》れていることもあってか、見学者の数は多くなかった。

佳月たちの前を歩いていた二人組が見えなくなると、静かな空間に藤原と二人だけになってしまう。

「あまり、人……いないんですね」

「ああ、まぁ博物館自体もマイナーだし、展示のテーマが地味だからな。国際宇宙ステーションに人間が長期滞在《たいざい》できるようになって、冥王星《めいおうせい》やらにまで到達《とうたつ》しようって時代に、月を中心にしたものはイマサラ感があるだろ。アメリカと当時のソ連がアポロ計画やルナ計画を掲《かか》げて、競《きそ》いながらガッツリ予算をかけていた時代ならともかく……わざわざ見学に来るのは、月関係が好きな人間か学校の課題で仕方なくっていう中高生くらいだろうな」

そんなふうに言いつつ、ガラスケースに並べられた鉱石や地球に飛来した隕石の欠片を覗き込み、壁《かべ》に大きく貼《は》り出された宇宙空間の写真を眺《なが》める藤原の目は真剣《しんけん》だった。

月面探査で持ち帰った岩石についての説明と共に、ゴツゴツとした拳《こぶし》大の石が展示されているところで足を止める。

「さすがに貸し出してくれなかったか。ここにある月の石はレプリカだが、本物を見たけりゃ国立科学博物館に行けばあるぞ」

「どうしても見たいってわけじゃないから、いい」

大阪万博《おおさかばんぱく》の際にアメリカ館で展示され、月の石がブームになったというのは聞いたことがある。

ただそれは、佳月の生まれる遥《はる》かに前だ。佳月より年上の藤原も、まだ生まれてない時代だろう。

いくら自分が『かぐや』と呼ばれ、かぐや姫の血を継《つ》いでいるなどと聞かされていても、月の成分やらを分析する研究発表にはさほど心惹《こころひ》かれない。

月がどんな物質でできていようと、現実的には生命体など存在が不可能な条件の天体だろうと、竹居の血を継ぐ直系の人間が満月の光を浴びて常人ならざる能力を発揮することは確かなのだ。

何故《なぜ》、そんなものが『観《み》える』のか。

どうして、竹居の血筋に受け継がれているのか。

左手首の、月の形の痣《あざ》。出現した際の三日月から、やがて満月へと変化する……不可思議な印は、なに？

それらは、自分が『かぐや』と呼ばれる異質な存在であることを知ってから、幾度《いくど》となく考えてきた。

答えは見つからなくて、今では『そういうもの』なのだと思考を放棄《ほうき》している。月の成分やらを知ったところで、解決するわけもないだろう。

「かぐや姫は、月から来て月に帰ったって言われているんだよな？　佳月が『かぐや』と呼ばれていて、月光を浴びると独特の艶《つや》を帯びるのには……関係あるのか？　あの大伴さんの扱いを見ていたら、まるきり『姫』だもんなぁ」

月の石……そこに含《ふく》まれていた鉱物についての分析結果や、詳細《しょうさい》なデータを含む『月』についての解説を指差しながら、尋ねてくる。

「非科学的なことは、信じないいんじゃなかったんですか？　かぐや姫なんて、昔話というよりお伽噺《とぎばなし》でしょう」

かぐや姫……と言いつつ『かぐや』について聞き出そうとする誘導尋問《ゆうどうじんもん》になど、引っかかるものかと気を引き締《し》めて、藤原を見上げた。

佳月と視線を絡《から》ませた藤原は、

「まあ、そうだな」

と、苦笑《くしょう》してうなずく。

直後、ふとなにかを思いついたかのように語り始めた。

「かぐや姫って、竹の中から出てきたんだよな。じいさんの腕《うで》がよかったから無事に見つかったけど、うっかり鉈《なた》を振《ふ》り下ろす場所を間違えていたら……ホラーだ」

「……大惨事《だいさんじ》だろうね」

佳月の頬《ほお》を指先でつつきながら、しみじみとそんなふうに言われて……ポカンと目を見開いた。
「うーん……この手の顔に、傷がつかなくて幸いだ」
この男の思考回路は、どうなっているんだ？　変な人。
そう思った瞬間《しゅんかん》、不覚にもクスリと笑ってしまった。
「お、笑ったな。ツンツンせずに、もっと笑え。せっかくのキレーな顔なんだ」
「ヤダ。笑えと言われたからって、おかしくもないのに笑えない」
笑みを引っ込めた佳月は、頬を強張《こわば》らせて横を向く。藤原の思うようになってやるものかと、
顔でも態度でも表した。
自分でも可愛げがないと思うのに、藤原は不快そうな顔をすることもなくマイペースで展示
品を眺めていた。
「しっかし面白《おもしろ》いよな。こんなただの石にしか見えないものに、色んな物質が含まれている。
砕《くだ》いて分析して、わかったような気になっても……人間じゃ同じものを作れない。組み合わせ
て、活用することはできるんだが」
ガラスケースを見下ろす藤原の瞳《ひとみ》は、いつにも増して好奇心《こうきしん》でキラキラしていて、まるで子
供だ。
できる限り感情を抑《おさ》えるように生きている佳月にしてみれば、この男のあまりのストレート
さが不思議になる。

「月の石……ってヤツを分析《ぶんせき》したら、色んなものが含まれてる。それが月固有のものかと思えば、地球上に存在する鉱石で似通ったものがあるんだ。面白いだろ」

岩石……そうか。先日の藤原と同衾《どうきん》した『観月』の際、観えたものを言い表すことができる言葉を見つけた。

さりげなく周囲に視線を巡《めぐ》らせて、近くに人影《ひとかげ》がないことを確認《かくにん》してから口を開く。

「藤原さん……採石場みたいなところで、石の採掘《さいくつ》に関《かか》わりましたか。それも、たぶん外国の……現地の人がたくさん、一緒《いっしょ》に作業している」

唐突《とうとつ》にそんなことを言い出した佳月に、藤原は不思議そうな顔で瞬《まばた》きをして、言葉を返してきた。

「あ？……ああ。大学に通っていた時から、国内外あちこちで同じようなことをやってるからなぁ。石切り職人と似たようなもんだ」

「今より、少し若い時です。髪《かみ》が肩くらいまであった。そこで、失《な》くしましたよね。携帯《けいたい》ケースに入った、ノミやキリ、小型ハンマー……道具のセットみたいなもの」

「…………」

尋ねるのではなく言い切った佳月を、藤原は無言で見下ろしてくる。

笑うでもなく、真顔で続く言葉を待っていた。

「支給された備品、見つけないと始末書を書かされるから懸命《けんめい》に捜《さが》して……でも、作業に参加していた子供が密《ひそ》かに持ち帰ったのを知って、取り返そうとするのを止《や》めた。その道具が、農作業や生活の質の向上に役に立つとわかったから。その人たちにとっては、どれだけ働いてもなかなか手に入れられない高級品だ」

「おまえ……」

藤原は、低く一言つぶやいたきり、またしても口を噤《つぐ》んで黙《だま》り込んだ。これまでとは違《ちが》う、怖《こわ》いくらい真剣な目でジッと佳月を見下ろしてくる。

佳月が目を逸《そ》らさずにいると、静かに口を開いた。

「俺は、誰《だれ》にも言っていない。採石道具を失くしたことは知っていても、そいつの行き先がどこかは……知らないはずだ」

「日射《ひざ》しの強さといい、大勢駆《か》り出されていた人たちの容貌《ようぼう》といい……南米あたりですか？ 英語じゃない。あれは……たぶん、スペイン語？」

佳月に『観えた』のは、断片的《だんぺんてき》なものだ。

連続した映像というよりも、フィルム映画のコマを不規則に映写機でスクリーンに映し、眺める状態が一番近いかもしれない。

それらを依頼者《いらい》に伝えて、自身に判断してもらう。

今回の藤原にしてもそうだが、佳月には採石現場やらが『観えて』も、こうして話を聞くまでそこが採石場なのだと理解できなかった。

「佳月……いや、『かぐや』が観たのか。寝《ね》る直前、考えていたのは……確かにアレだな」

小さく息をついた藤原は、佳月がいつそのことを知ったのか、わかっているはずだ。だから、佳月ではなく『かぐや』と言い直したのだろう。

うなずいた佳月は、藤原を見上げて言葉を続ける。

「そうです。……これで、少しは信じてもらえましたか？」

藤原が八、九割信じていなかった『かぐや』の能力について、少しは信憑性《しんぴょうせい》を感じてもらえただろうか。

迷うような目で佳月を見下ろしていた藤原だったが、展示されているガラスケースに視線を移して難しい表情でなにかを考えている。

「過去を知る手段は、ある。でも……」

信じるべきか、疑いを残すべきか。迷いが伝わってくる。こんなところまで、あけすけでストレートな人間だ。

「おれに『観えた』のは、これだけじゃないけど。ただ……依頼された、近未来はやっぱり観えない」

「そいつは、俺がその頃《ころ》には死んでるって意味じゃないのか？　怖ぇ《こえ》から、あんまり考えたくないけど」

怖いと言いつつ、本気で怯《おび》えている雰囲気《ふんいき》ではない。

佳月の『観月』を信用していないからという理由ではなく、藤原の性質なのだろうと今だとわかる。

この男は、自分の運命が望むようなものではなくても、飄々《ひょうひょう》と「そっか。じゃ、どうすっかな」などと笑いそうだ。

「その可能性も、考えなかったわけじゃない……けど、たぶん違う。そうなら……観《み》えるはずの、決定的な場面も観えないから。なんでだろ……おれは、役目を果たせなかったら存在する意味がない……のに」

途方《とほう》に暮れた気分になり、消え入りそうな声でつぶやいた。

誰かに弱音を零《こぼ》したことなど、今まで一度もない。

十三歳で突如《とつじょ》家族から引き離《はな》されて、有無《うむ》を言わせず竹居家に迎《むか》えられた際の不安も、愛人の子である佳月が気に入らない二人の異母姉からの理不尽《りふじん》な扱《あつか》いに対する憤《いきどお》りも、すべて呑《の》み込んで……自分の中に押し込めてきた。

藤原を前にして、頼《たよ》りない気分になる自分が怖くて、グッと両手を握《にぎ》り締める。

ダメだ。こんなふうに、弱みを見せてはいけない。うつむくなと自分に言い聞かせて、奥歯を噛《か》んで顔を上げた。

「そんな顔、するなよ。なーんか、堪《たま》んない気分になる」

「な……に」

佳月が言葉の意味を聞き返そうとするより早く、藤原の手が伸《の》びてきて両腕《りょううで》の中に抱《だ》き込まれた。

「ちょっ……と、なんだよいきなり。放してくれませんか」

驚《おどろ》いて身動《みじろ》ぎをしても、藤原の手は離れていかない。逆に、佳月を抱き寄せる腕の力が更《さら》に強くなる。

「藤原さんっ」

抗議《こうぎ》を込めて名前を呼びながら、背中に拳《こぶし》を叩《たた》きつける。佳月の抵抗《ていこう》など微々《びび》たるものだとばかりに、藤原の肩《かた》がククッと揺《ゆ》れた。

佳月は落ち着かない気分で少しでも早く逃《のが》れようとしているのに、この男は笑う余裕《よゆう》があるのか。

カーッと頭に血が上り、思い切り足を踏《ふ》みつけた。

「いってぇ。そいつは、予想外……」

抵抗は予想していても、手加減なしで足を踏まれるとは思っていなかったらしく、さすがに佳月を抱き寄せていた腕の力が緩《ゆる》む。

ようやく解放された佳月は、ホッとして藤原を睨《にら》み上げた。

「おれは、真面目《まじめ》な話をしていたのに……なんで、そうやっていつもふざけて茶化《ちゃか》すんだ。大人げない」

「俺も、大真面目だぞ。佳月と『かぐや』のギャップが、どう言えばいいか……胸の内側に引っかかる。今日のコレだって、招待券とチラシが送られてきて……佳月が思い浮《う》かんだら、逢《あ》わずにいられなくなった。どんなことをしても、誘《さそ》い出してやろうと思った。茶化しているみたいに受け取ったなら、悪かったよ。冗談《じょうだん》に紛《まぎ》れさせないと……ガラにもねーが、照れくさいんだよっ」

最後のほうは自棄《やけ》になったかのような早口で、言葉を切ると明後日《あさって》の方向へ顔を背《そむ》けてしまった。

藤原の横顔を啞然《あぜん》として見据《みす》えていた佳月は、頰《ほお》……耳まで赤くなっていることに気がついて、コクンと小さく喉《のど》を鳴らす。

つられて、佳月まで顔が熱くなってきた。

なにか言え。黙るな。

普段《ふだん》は、無駄《むだ》に饒舌《じょうぜつ》なくせに……沈黙《ちんもく》が息苦しい。奇妙《きみょう》な緊張感《きんちょうかん》が漂《ただよ》っているみたいで、佳月は声を出すことも一歩も動くことさえできない。

二人して無言で立ち竦《すく》む、傍《はた》から見れば不審《ふしん》なことこの上ないであろう膠着状態《こうちゃくじょうたい》が、どれくらい続いたのか……。

近づいてくる足音と人の声が耳に入ったことで、ようやく空気が動いた。

「……で、このアーマルコライトは月固有の鉱物って思われてたけど、地球上でも発見されたんだって」

「あー、じゃあ何億年前だか……月と地球の地殻《ちかく》の条件が似通っていた可能性があるってことか？」

「そう、とも言い切れないいんだけど」

高校生くらいの男女が、話しながら佳月と藤原がいる展示室に入ってくる。

先客がいると思わなかったのか、会話が途切《とぎ》れた。

「……動くか」

藤原に背中の真ん中を軽く叩かれて、無言でうなずく。

ギクシャクとした不自然な動作にならないように、なんとか足を動かして次の展示室へと移動した。

話の続きを、という気分にならないのはお互《たが》い様らしい。藤原ももうなにも口にせず、急ぎ足で展示ケースやパネルの前を通り過ぎて出口へ向かう。

佳月も展示物を眺《なが》めながら歩いたつもりだったけれど、まったく頭に入ってこない。

再入場できません、と書かれた出口ゲートをくぐる頃には、ぐったりと疲《つか》れていた。

「どっかで休憩《きゅうけい》しよう。コーヒー飲めるか？」

「……子供じゃないんだから、コーヒーくらい飲める」

目を合わせず言い返した佳月に、藤原は笑《え》みを含《ふく》んだ声で「そいつは悪かった」と短く謝って歩き出した。

ついてこい、と言われたわけではない。回れ右して、立ち去ってしまってもよかったのに、佳月の足は自然と藤原の後を追っていた。

《七》

佳月がポツリと口にした一言で、藤原が車を路肩《ろかた》に寄せてブレーキを踏む。ここからだと、佳月が住むマンションまで徒歩五分くらいだ。

「ん？」

「ここで降りる」

ハザードランプを灯《とも》した藤原は、ハンドルに右腕をかけて佳月に半身を向けた。

「こんなところでいいのか？　連れ回した責任を取って、マンションの前まで送るぞ」

「いい。まだ六時前だし、か弱い女性や小さな子供じゃないんだ。なにより、大伴に見られたら面倒《めんどう》だから。このところ、課外授業が多いですね……って不審がられてる」

シートベルトを外しながら、大伴の顔を思い浮かべる。

いつもと同じように大学まで送り届けられた際、帰りが何時になるかわからないから迎えはいい……と断りを入れた。

すると、大伴は当然のような顔で、

「ご連絡《れんらく》いただけたらお迎えに上がりますが」

そう返してきたのだ。

そのたびに、迎えを待つのが嫌《いや》だから自力で帰宅するとか、このままでは電車の乗り方を忘れそうだからたまには公共交通機関を使いたいと、我が儘《まま》を通すふりをしてどうにか迎えを拒《こば》んだ。

実際は課外授業などではなく、大学で藤原と待ち合わせをして街の中に繰《く》り出していたのだが。

まだ空が明るい時間なのに、この時間の帰宅でも「遅《おそ》いですね」と不満そうに言われるはずだ。下手《へた》したら、エントランスか最上階のエレベータホールで待ち構えられているかもしれない。

藤原との外出は、博物館に連れていかれた日を含めて今日で三回目だ。

藤原は、世間知らずだとか昨今の若者のわりにスレていないと面白《おもしろ》がり、佳月がこれまで縁《えん》のなかった場所へと連れ出す。

前回は、中華街《ちゅうかがい》での食べ歩きだった。

距離的《きょりてき》にはさほど遠くなくても佳月は初めて訪《おとず》れる場所で、ずらりと軒《のき》を連ねた店を覗《のぞ》いて買い食いをするのは戸惑《とまど》いながらも楽しかった。

今日は、落ち合った大学を出て、これまでと同じように駅へ向かい……その手前で突然《とつぜん》方向転換《てんかん》したのだ。

どこへ行くのかと思えば、「車だ」と短く返ってきた。

戸惑う佳月を、藤原は「早く来いよ」などと促《うなが》し、マイペースに歩き続ける。駅前のパーキングに停《と》めてあった自家用車だという黒のハリアーに乗せられて連れて行かれたのは、郊外《こうがい》の大型アミューズメント施設《しせつ》で……なにをする気かと思えば、ボウリングだった。

腕が、怠《だる》くて重く感じる。普段使わない筋肉を酷使《こくし》したせいで、明日は確実に筋肉痛に苦しめられるだろう。

「じゃ、気をつけて帰れよ。……また誘うから、断るなよ」

「予定があれば、断る」

「……」

佳月は、わざと可愛《かわい》げのない言い方で言葉を返して車高の高い車から飛び降り、ドアを閉める。チラッと車内を覗くと、目が合った藤原は余裕の滲《にじ》む笑みを浮かべてひらりと左手を振《ふ》り、ゆっくり車を発進させた。

「おれに突《つ》っかかられても、全然気にしてない……か。相変わらず、図太い神経」

そんなふうに憎《にく》まれ口を叩いても、佳月がどんな態度を取ろうと変わらない藤原に、少しだけ安心していた。

図々《ずうずう》しくて、変なところで大胆《だいたん》で、でも頭の回転は悪くない。佳月の反発や意図的な無視も、余裕の態度で受け流したり逆手に取ってからかってきたり……どんな言動に出るか、未《いま》だに読めない。

これまで接したことのない大人の男に、強引《ごういん》だとかマイペースすぎる……と不満を零《こぼ》しつつ、本心では誘い出されることも嫌ではなかった。

初めのほうこそ『かぐや』などと呼びかけたり色眼鏡《いろめがね》で見られているかと感じることもあったが、今では当然のように『佳月』と名前を呼んでくれる。

佳月を『かぐや』でも、『竹居の御曹司《おんぞうし》』でもなく、人生経験の浅い大学生の『佳月』と扱《あつか》ってくれて、躊躇《ちゅうちょ》することなく頭を撫《な》でたり肩《かた》に腕《うで》を回してスキンシップを図《はか》ったりする無遠《ぶえ》慮《りょ》な人間など初めてだ。

　この関係は、なんだろう。友人ともどこか違《ちが》うと思うし、どんな言葉で自分たちを言い表せ
ばいいのかわからない。

　歩を緩《ゆる》めた佳月は、ふと息をついて頭上を仰《あお》いだ。

「もうすぐ、満月……か」

　夜闇《やみ》が近づいた東の空、低い位置に丸い月が見える。明日あたりには、『観月』に適した月齢《げつれい》となりそうだ。

　藤原の『観月』は、まだ果たしていない。この満月も、また藤原がやって来るのだろうか。

当主に言われるままの相手を『観《み》る』だけの佳月には、誰《だれ》が依頼《いらい》者としてあの小部屋に現れるのかその時にならなければわからない。

「観えなくなった……ってわけじゃ、ないよな」

　ゆっくりと歩道を歩きながら、シャツの左袖《ひだりそで》を少しだけ捲《まく》り上げた。手首の内側には、三日月より少しだけ太った月の形の痣《あざ》がある。

　藤原の未来は観えない。

でも、過去を観ることはできた。

その理由も、未だにわからないままだ。

ひょろりと背の高いマンションのエントランスに足を踏《ふ》み入れたところで、ピタリと立ち止まった。

セキュリティのための透明《とうめい》ガラス扉《とびら》の手前に、スーツ姿の長身が立っていたのだ。予想がついていたこととはいえ、あまり愉快《ゆかい》な気分ではない。

いつからそこにいたのかわからないが、佳月の姿に目を留めた大伴は、ゆっくりと近づいてくる。

「ずいぶんと遅かったようですが。ご連絡を待っていましたのに、電車と徒歩で帰られたのですか？」

「……うん。この時間に、男子大学生が道を歩いていたからって、なにがどうなるわけでもないだろ」

いつもと同じ大伴の態度が、いつになく不快でボソボソと言い返す。

やはり、マンションの前まで藤原に送られなくてよかった。藤原の車から降りる姿を見られてしまっては、言い訳の余地などなかった。

「確かに、一般的《いっぱんてき》な男子学生が夜道を歩いたところで、そうそう危険はありませんが……あなたは」

「わかってるよ。ちょっと、普通《ふつう》の通学ってやつをしたかっただけだ。電車、空気よくないし……もういい。次は、大伴に送迎《そうげい》してもらう」

「そうしてください」

佳月が譲歩《じょうほ》の姿勢を見せると、大伴の声がかすかに和《やわ》らいだ。

大伴が手にしたカードでセキュリティを解除して、「どうぞ」とエスコートされる。

こういうふうにされることを、大伴も佳月も当然だと思っていた。十三歳で大伴に引き合わされた時は平凡《へいぼん》な少年だった佳月は、大伴に傅《かしず》かれる日常に、いつしか疑問を持たないようになっていた。

でも、藤原は「なにぼうっとしてるんだ？　早く来い」と佳月を振り返るだけで、不必要に特別扱いしない。

これが、普通ではない過保護と言われるものだと……藤原と接しなければ、そんなこともわからなかった。

大伴は最上階に到着《とうちゃく》したエレベータから先に降り、佳月の部屋のロックを解除して扉を開ける。手で扉を押さえて佳月を通すと、室内の照明を灯してリビングに向かった。

「お茶でもご用意しましょうか？」

「いらない」

そうするのが当然とばかりに大伴の手に上着を脱《ぬ》がされて、ソファに腰《こし》を下ろす。

少し前まで藤原と逢《あ》っていたせいか、大伴の纏《まと》う空気がいつになく息苦しい。早く一人になりたい。

佳月に対して、恭《うやうや》しく接している……ようでいながら、この男が本当に見ているのは佳月ではない。

大伴にとって佳月とは、『かぐや』の依《よ》り代《しろ》でしかないのだ。

「先ほど、当主から通達がありました」

「……うん」

ソファの脇《わき》に立っている大伴の声に、ピクリと指先を震《ふる》わせる。

当主からの通達、か。

それが意味するものは言われなくても想像がつくけれど、大伴は抑揚《よくよう》の少ない淡々《たんたん》とした口調で続けた。

「明日、観月の依頼者が来ます。日曜なので、外出の予定はありませんね？」

「ああ」

決めつけた言い方に反発心が湧《わ》いたけれど、実際に予定はなにもない。もし個人的な用があったとしても、優先されるべきは『かぐや』としての役目だ。

「では、その心づもりでお願いいたします『かぐや』」

わざわざ『かぐや』と言い置いた大伴が、足音もなくリビングを出て行った。少しして、玄《げん》関扉《かんとびら》のオートロックのかかる音が聞こえてくる。

一人きりになった途端《とたん》、佳月は大きくため息をついてソファの座面に足を上げた。膝《ひざ》を抱《かか》えて、背もたれに身体《からだ》を預ける。

「誰だろ。藤原さん……じゃない感じだよなぁ」

あの男なら、別れ際《ぎわ》に佳月に向かって「また明日な」とイタズラっぽく笑いながら、言い残しそうだ。

予告なく現れて、佳月を驚《おどろ》かせようと画策する可能性もあるが、三度目ともなれば驚くこともない。

「藤原さんも、それくらいわかってるだろうし」

やはり、明日の依頼者は藤原とは別の人物だろう。藤原以外の人間を『観る』のは、ずいぶんと久し振《ぶ》りのような気がする。

「おれ、きちんと『観える』のかな」

一抹《いちまつ》の不安を感じながら、大きな窓ガラス越《ご》しに外を眺《なが》める。

まだ月の位置が低いらしく、ここからでは目にすることができない。シャツの袖を肘《ひじ》あたりまで捲り、右手で左手首をギュッと握《にぎ》った。

「頼《たの》むぞ。おれは、『かぐや』じゃないといけないんだから……」

母親や異父弟妹の生活も、身体が弱い弟の医療《いりょう》費も、自分が『かぐや』であるからこそ竹居本家からの援助《えんじょ》で賄《まかな》うことができている。

母親たちにとっても、竹居家の人間にとっても、ただの佳月では価値がない。自分は『かぐや』でなければ、ダメなのだ。

目を閉じて、皎々《こうこう》と輝《かがや》く満月を思い浮《う》かべ……「お願いだから」と、心の中で祈《いの》った。

□□□

「失礼します、『かぐや』。……どうぞ」

「……はい」

チラリと目を向けた簾越《すだれご》しの人影《ひとかげ》だけで、その人物が藤原ではないことはわかった。

部屋の空気も、ピリピリとした緊張《きんちょう》を帯びたもので満ちている。

そうだ。立て続けに藤原を迎《むか》えたから忘れそうになっていたけれど、本来『観月』の場は息も詰《つ》まりそうなほどの緊張感が漂《ただよ》うものだ。

今夜の依頼者は独特の空気に気圧《けお》されたのか、大伴に促《うなが》されて小部屋に一歩入るなり、足を止めて立ち尽《つ》くしている。

「これからの手順は、事前にお話しした通りです。そちらの盆《ぼん》で手を清め、お神酒《みき》を含《ふく》み……最後に、薬湯をお飲みになってください」

「は、はい」

大伴の言葉に消え入りそうな声で答えたのは、若い男の声だ。きっと、藤原とさほど変わらない歳《とし》の……。

簾の向こうから、大伴が声をかけてきた。

「それでは『かぐや』、私はこれにて失礼します。なにか不測の事態がございましたら、お知らせください」

「ああ」

佳月が短く答えたのを確認《かくにん》して、大伴が退室する。依頼《いらい》者と二人で残された佳月は、蠟燭《ろうそく》の灯に照らされた依頼者の影《かげ》を目で追った。

「手を……洗って、この手拭《てぬぐ》いで拭《ふ》いてもいいのか。あとは、お神酒と……薬湯？」

独り言で手順を確認しながら、粛々《しゅくしゅく》と準備を進めている。

佳月に向かって無駄口《むだぐち》を叩《たた》こうとか、『かぐや』を雑談相手にしようなどと、微塵《みじん》も考えていないのだろう。

これが、普通の人間だ。あの男……藤原が、最初から常人離《ばな》れしていただけなのだと、再認識する。

どうして、いちいち藤原を引き合いに出してしまうのか自分でも不可解で、緩《ゆる》く首を振《ふ》って頭からあの男の影を振り払《はら》う。

「え……っと」

簾の向こうの影が、動きを止めている。

大伴に聞かされた通り、用意が整ったのだろう。

「準備は終わられましたか？」

佳月がそっと話しかけると、あからさまに動揺《どうよう》の滲《にじ》む声で返してきた。

「は、はいっ。大丈夫《だいじょうぶ》です」

「では、お召《め》し物を崩《くず》して楽にしていただいて結構ですので、寝具《しんぐ》に横になってください。お手だけ、こちらに」

「……わかりました」

ゴソゴソと衣擦《きぬず》れの音に続き、簾の下部から遠慮《えんりょ》がちに大きな手が差し出される。藤原のように、変にペースを乱されないことにホッとして、慣れた『観月』に入った。

佳月も、依頼者と同じお神酒と薬湯を口にしておいて、寝具に身を横たえる。透明《とうめい》な天井《てんじょう》から降りそそぐ満月の光を全身に浴びながら、深呼吸を三回。

「失礼。お手に触《ふ》れます」

驚かさないよう予告しておいて、依頼者の手に自分の左手を重ねた。

それと同時に、ビクッと小さな震えが伝わってくる。それも、数分と経《た》たないうちに緊張を解くのがわかった。

手……触れたところから、相手の体温が染《し》み込んでくるみたいだ。

顔も知らない依頼者と、こうして手を繋《つな》いで眠《ねむ》るのは、『かぐや』として幾度《いくど》となく繰《く》り返してきたことだ。

今までは手を触れ合わせることに特別な意味など持たず、『観《み》る』ための媒体《ばいたい》としての役目を果たすものという認識で……『他人の手』などと、考えなかった。

それなのに、いつになく生々しく体温を感じる。

ここしばらく、無遠慮にスキンシップを図《はか》ってきた藤原のものではない……見知らぬ人間のぬくもりが、何故《なぜ》か癇《かん》に障《さわ》る。

ダメだ。余計なことは考えるな、と集中できない自分を叱責《しっせき》する。

「……ふぅ」

静かに深く息を吐《は》き、頭の中を真っ白にした。

相手と波長を合わせるには、無でなければならない。雑念は『観月』の妨《さまた》げとなる。

今の佳月がしなければならないのは、この手の主の深層心理に潜《もぐ》り込んで、望むものを『観る』ことだ。

「なにをお望みですか？　私が『観る』べきものは、どのようなものでしょうか？」

依頼者すべてに語りかける、『観月』のヒントだ。

予《あらかじ》め聞いておかなければ、『観えた』ものの中から、なにを伝えなければならないのかわからない。

既《すで》に眠りの縁《ふち》に立っているらしい依頼者から、ぼんやりとした声が返ってきた。

「月……に関するもの、です」

「……月？」

「そうです。在り処《か》……を」

月の在り処？

ずいぶんと曖昧《あいまい》な摑《つか》みどころのない言葉だが、似たようなものを最初の頃《ころ》に藤原からも聞いたと思い出す。

この依頼者は、藤原となにかしら関係のある人物だろうか。偶然《ぐうぜん》で済ませるには、あまりにも不自然だ。

疑問を相手に聞き返すことはできなくて、「承知しました」とだけ答えると、繋いだ手に神経を集中させる。

眠りに落ちたらしい依頼者に誘導《ゆうどう》され、佳月も意識を漂わせる。

この感覚は、慣れ親しんだものだ。相手の深層心理に『かぐや』が入り込み、当人もまだ知らない未来で待つ運命を覗《のぞ》き見る。

肉体という枷《かせ》のない『かぐや』は、自由だ。時間の流れに乗り、過去も未来も自在に行き来する。

月光の中、浮遊感《ふゆうかん》に心身を任せて……。


「……あ!」

佳月は、ビクッと身体《からだ》を震《ふる》わせて瞼《まぶた》を開いた。

透明な天井越《てんじょうご》しに見える空は、薄《う》っすらと白んでいて、夜明けを告げている。もう、月を見ることはできない。

　完全に意識が覚醒《かくせい》するまでには、もうしばらくかかる。

　全身の筋肉が強張《こわば》っているようで、指先や爪先《つまさき》を意識してゆっくりと動かし、ゆるやかに現実に戻《もど》ってきた。

「……月、か」

　依頼者が目を覚ます前に、『観えた』ものを整理する。

　曖昧で抽象的《ちゅうしょうてき》な依頼だったが、たぶん……間違《まちが》いなく、あれがそうだろう。でも、どう伝える？

　うまく伝えられるか……と悩《なや》んでいるところに、控《ひか》え目なノックの音が響《ひび》いた。

「失礼します。『かぐや』お邪魔《じゃま》してもよろしいですか？」

「いいよ」

　佳月が答えると、簾の向こうで扉《とびら》が開くのがわかった。

　依頼者も目を覚ましたらしく、「おはようございます」と、まだぼんやりとした声で大伴に挨拶《あいさつ》する声が聞こえてくる。

「昨夜の隣室《りんしつ》で、しばしお待ちください。『かぐや』に伺《うかが》ってきます」

「わかりました」

　依頼者が出て行き、簾に映る影が一つになる。

「御簾《みす》を上げてもよろしいですか」

「うん」

佳月が答えると、慣れた様子で簾を巻き上げて組紐《くみひも》で留める。寝具に正座している佳月の脇《わき》で、床《ゆか》に膝《ひざ》をついた。

「なにが『観え』ましたか？」

「暗いところに、光っているみたいな……月？　の在り処。迷うのであれば、右の道を選ぶように。それと、月に辿《たど》り着くにはもうしばらく時間が必要です。引くか続けるか悩んでいるようだけど、あきらめてはいけないと」

「……わかりました。では、そのようにお伝えします。お疲《つか》れ様でした」

恭《うやうや》しく頭を下げた大伴が、スッと立ち上がって小部屋を出て行った。

一人きりになった佳月は、再び寝具に身体を横たえて行儀悪《ぎょうぎわる》く手足を投げ出す。

「きちんと、『観えた』」

役目を果たせたのだという安堵《あんど》が全身を包み、ドッと疲労《ひろう》が押し寄せてきた。

大丈夫。これまでと変わらない、『かぐや』としての振る舞《ま》いができた。大伴も、満足そうだった。

でも、それならなぜ……藤原だけが『観えない』のだと、拭《ぬぐ》いきれない疑問が胸の奥から沸《わ》き上がる。

「昨夜の依頼者と、藤原さんと……なにが違う？」

依頼は、同じような『月に関すること』で、手順も間違えていなかった。やはり藤原だけが、例外なのだろう。

あの依頼者が求めた『月の在り処』と、藤原の口から出た『月に関するもの』とは、同じなのだろうか。

それとも、まったく別のものか？

取り留めなく考えていると、軽いノックに続いて扉が開かれ、依頼者《いらい》を送り出したらしい大伴が戻ってきた。

寝具に寝転《ねころ》がっている佳月に、ほんの少し眉根《まゆね》を寄せる。小言を言いたいのかもしれないけれど、嘆息《たんそく》一つで眉間《みけん》の皺《しわ》を解いた。

「依頼者はお帰りになりました。今回はきちんと観られたようで、安心しました」

「……うん」

「前回……前々回は、よほど相性《あいしょう》が悪かったのでしょうか。あなたに、雑念があったわけではないですよね？　雑念があるとすれば、あの男のほうだろうし……」

やはり、大伴も藤原だけが『観えない』のは何故なのか、不審《ふしん》というよりも不思議そうだ。

大伴の口から出た雑念という一言が引っかかり、寝転がっていた寝具から身体を起こして聞き返した。

「雑念？」

首を捻《ひね》る佳月に、寝具の脇に片膝《かたひざ》をついた大伴は苦い表情で答える。

「まさか、見も知らない『かぐや』に邪《よこしま》な想《おも》いを寄せているわけでもないと思いますが。古今東西、最も厄介《やっかい》な感情が恋情《れんじょう》で……集中を妨げて、人を狂《くる》わせるものです。『観月』は、神聖な儀式《ぎしき》。どちらかに邪念《じゃねん》があっては、『観《み》る』力も鈍《にぶ》くなる可能性がありますから」

奥歯を強く噛《か》んだ佳月は、なにも答えられなかった。

雑念。邪念。恋情。

大伴に聞かされた言葉の数々が、頭の中をグルグルと駆《か》け巡《めぐ》っている。

そんなもの、一つもない。考えたこともなかった。

藤原に向けた感情がどんなものか、なんて……知らない。

藤原と一緒《いっしょ》にいると胸の奥に沸き上がる感覚は、これまで、一度も誰《だれ》にも感じたことがないものばかりで、それにつける名前など見つからない。

「……疲れた。シャワー浴びて、少し眠《ねむ》る」

「わかりました。では、私はこちらの片づけを致《いた》します。朝食は、ご用意してもよろしいですか？」

「いらない」

「でしたら、お飲み物だけご用意しておきます」

「ん」

短く答えて首を上下させた佳月は、ゆっくりと立ち上がって大伴の脇を通り抜《ぬ》けた。

目を合わせないことを不自然だと思われないよう、手の甲《こう》で目元を擦《こす》って疲れたというポーズを取る。

今の自分が、どんな顔をしているのかわからないのだ。勘《かん》の鋭《するど》い大伴には、妙《みょう》に思われるか

もしれない。

雑念。藤原との『観月』は、あの緊張感《きんちょうかん》に欠ける男がゴチャゴチャ話しかけてきたので、集中を保てなかったことは否定できない。

邪念。どのようなものを、そう呼ぶ？　藤原は呆《あき》れるほどストレートな男なので、腹の底になにかを潜《ひそ》ませているとは考えづらい。

恋情。……馬鹿《ばか》げている。藤原が、佳月に？　佳月が藤原に？　どちらも、あり得ない。

「変なこと、言いやがって」

口汚《くちぎたな》く独り言を零《こぼ》して、洗面所に入る。

何気なく顔を上げた直後、洗面ボウルのところに設《しつら》えられている大きな鏡に映る自分と目が合い、ビクッと肩《かた》を震わせた。

なに？　こんな……迷いと不安と、気恥《きは》ずかしさを複雑に混ぜ合わせたような顔、見たことがない。

こんなの、自分ではない。

「ッ……シャワー、浴びよう」

鏡から顔を背《そむ》けると、視界から変な顔の自分を追い出した。

早くシャワーを浴びて、わけのわからないモノを洗い流してしまおう。身を清めて純粋《じゅんすい》な眠りで心身を癒《い》やしたら、少しは混乱も収まるはずだ。

今は、そう……久し振《ぶ》りの『観月』で神経が過敏《かびん》になっているせいで、思考が上手《うま》く纏《まと》まらないだけだ。

雑念も、邪念も、ましてや恋情なんて……自分と藤原のあいだに存在するはずがないもので、そんな不確かなものに心を乱されるなんてごめんだ。

バスルームに入り、湯と水の境界ギリギリの温《ぬる》いシャワーを頭から浴びてもモヤモヤは晴れなくて。

冷たい水を頭上から被《かぶ》ったことで、ようやく余計なものを思考から追い出すことができた。

《八》

竹居本家は、高級住宅街と呼ばれる閑静《かんせい》な住宅街でも群を抜いて目立つ、広大な敷地《しきち》を有している。

その奥……先代が居住する離《はな》れは、道路から距離《きょり》があるせいで一際《ひときわ》静かだ。すぐ傍《そば》には池が作られていて、水の循環《じゅんかん》する耳当たりのいい音だけが聞こえてくる。

「ご無沙汰《ぶさた》していました。お久し振りです」

先代『かぐや』の、正確な年齢《ねんれい》は知らない。結構な老齢のはずだが、今日も隙《すき》のない気品ある和装で佳月を迎《むか》えた。

畳《たたみ》に膝をついて頭を下げた佳月に無言でうなずき、脇にある座布団《ざぶとん》を視線で指す。

「そこに」

「はい。失礼します」

促《うなが》されるまま座布団に乗り上がり、どう言い出すべきか……言葉を探した。

先代は、もともと口数の少ない物静かな人だ。

今より幼かった佳月が『かぐや』について尋《たず》ねても多くのヒントは与《あた》えられず、最低限と思われるものだけが伝えられる。

わかりやすく甘やかしてくれるでもなく、言葉で「あんたの味方だ」と言ってくれたこともない。

でも困っていれば的確な助言をくれるし、異母姉たちに理不尽《りふじん》な扱《あつか》いをされて心身ともに疲《ひ》弊《へい》していた時は、コッソリここに呼んで休ませてくれた。落ち込む佳月に食べさせてくれた、和三盆《わさんぼん》でできた干菓子《ひがし》の優《やさ》しい味は今も忘れられない。

あの頃《ころ》も今でも、佳月にとって竹居家で唯一信頼《ゆいいつしんらい》できる人物だ。

佳月の迷いが伝わったのか、先代のほうから水を向けてきた。

「当主を通して、だいたいの話は聞いている。でも、人伝《ひとづて》ではなく……佳月の口から話してくれるかい？」

「……はい」

佳月は、正座した膝の上で両手を握《にぎ》り、正面に座している先代にうなずいてポツポツと語り始める。

依頼者として現れた藤原を、いつものように観ようとして……初回は、なにも観えなかったこと。

依頼者が『かぐや』に心を開いていないせいかと予想して、二度目は、当主に言いつけられていない過去を観て能力の証明を図《はか》ったこと。

結果、過去は間違《まちが》いなく『観えた』。

その後にやって来た、藤原以外の依頼者は問題なく『観月』をこなせたので、藤原か佳月か……どちらに原因があるのか、わからないこと。

意図せず知ってしまった藤原の名前と、個人的に接触《せっしょく》していることを隠《かく》しながら話したせいで、かなりわかり辛《づら》い説明になっただろう。

「どうすれば、その依頼者をきちんと『観る』ことができますか？　おれは、『かぐや』としての役目を果たしたい……です」

隠し事をしているという心苦しさを感じつつ、なんとか説明を終えて言葉を切る。

黙《だま》って佳月の話を聞いていた先代は、なにを思っているのか読めない見事なポーカーフェイスで、小さくうなずいた。

「一度、観えなかったと聞いた際に……いくつか可能性を考えてみた。私も、『かぐや』として数え切れないくらいの依頼者と接するあいだに、観えなかったことがなかったわけではないからね」

「先代でも……？」

意外なことを聞かされて、畳に落としていた視線を上げた。佳月と視線が絡《から》んだ先代は、ゆっくりと首を縦に振《ふ》る。

「そう……ですか」

先代でも『観えなかった』ことがあるという言葉に、少しだけ心が軽くなった。佳月にしてみれば、先代は偉《い》大《だい》な大先輩《だいせんぱい》であり指針でもある。

自分のどこかがおかしいのではないかと、追い詰《つ》められた気分になっていたけれど、異常というわけではないのか。

佳月は、目に見えてホッとした表情になったのだろう。先代は少しだけ声の調子を和《やわ》らげて、これまでと同じく静かに言葉を続ける。

「もちろん、私も完璧《かんぺき》ではない。過去の『かぐや』にも、『観《み》えない』ことがあったようだ。そんなふうに観えない理由は、いくつかある。突然《とつぜん》の気象条件の変化によって、月の効力が弱まったこと……依頼《いらい》者との波長が上手く合わなくて、入眠《にゅうみん》がずれることもあろう。これは特例らしいが、依頼者の運命が『かぐや』自身にも関係するものであれば……観えないことにも納《なっ》得《とく》できる」

「おれ、に……関係？」

自分が『かぐや』というものを継承《けいしょう》するのだと知らされた際に、ひと通り『かぐや』について習った。

確かに、自身の運命を『観る』ことは叶《かな》わないと聞いたので、万が一『かぐや』と依頼者の運命に接点があれば、観えない可能性も……ある？

「五代ほど前だったか、過去の『かぐや』にも前例がある。どうしても『観えない』依頼者がいた。その依頼者は、類《たぐ》いなき美しさと特別な能力を有する『かぐや』を一目見て気に入り、我がものにしようと望んで、身の程《ほど》知らずにも求婚《きゅうこん》を重ねたらしい。家柄《いえがら》と財力だけはあったそうだから、強引《ごういん》にでも『かぐや』を娶《めと》ろうとしたが、拒否《きょひ》され続け……追い詰められ、短刀を持ち出して心中を図った。依頼者との接見を避《さ》け、必要最低限の接触のみで『観月』を行うようになった理由も、そのあたりだろう」

「その、『かぐや』は……」

「無残にも、命を落としたそうだ」

なんとも物騒《ぶっそう》な話だが、大伴の『かぐや』に対する心酔《しんすい》とも言える態度を知っている身としては、荒唐無稽《こうとうむけい》で大袈裟《おおげさ》な作り話ではないかと軽く聞き流せなかった。

それほど、『かぐや』というものは、良くも悪くも人心を惹《ひ》きつける特殊《とくしゅ》な魅力《みりょく》を持った存在なのだと、佳月も身を以《もっ》て知っている。

「ですが、その依頼者は……おれ、じゃなくて『かぐや』にそれほど入れ込んでいるわけではないので」

「わかっておる。先ほどの話は、『かぐや』が観えなかった相手との関《かか》わりを持つ、一例だ。最大限に波長を合わせるには、観月とは逆の朔《さく》を選んで交われぱいいという説もあるが……」

しかつめらしい顔で口にして、珍《めずら》しく言葉尻《ことばじり》を曖昧《あいまい》に濁《にご》した先代を前に、佳月は目をしばたたかせる。

朔……は、わかる。新月の直前、月齢《げつれい》〇の日だ。

ただ、わからないのは……。

「交わ……る？」

どういう意味だと、顔に書いてあるのだろう。チラリと視線を交《か》わした先代が、「うむ」とうなずく。

「身体《からだ》の関係を持てば、この上なく深い接触となるだろう」

大真面目《おおまじめ》な顔と声で、佳月の疑問に答えた先代をマジマジと見詰《みつ》めて……十数秒。遅《おく》ればせながら、ようやく「交わる」という言葉の意味を理解した。その途端《とたん》、カーッと顔面に血が集まったのを感じる。

藤原と……自分が？

「そんなことは、できません」

絶対に無理だ！　と首を振る佳月を、先代は表情一つ動かさずに見ていた。

「無理に為《な》せとは言っておらん。あくまでも、可能性の一つだ」

「は……い」

顔が……顔だけでなく、身体中が熱い。きっと、隠しようもなく頰《ほお》が紅潮している。

いつになく動揺《どうよう》する佳月の様子には気づいているはずなのに、先代はそれ以上なにを言うでもなく沈黙《ちんもく》が漂《ただよ》う。

佳月がなんとか平静を取り戻《もど》した頃になって、ポツリと口にした。

「佳月が『観えない』原因が、その依頼者だけにあるのならいいが。その人物とだけ相性《あいしょう》が悪いのだと結論付け、『かぐや』としては問題がない。ただ、『観えない』理由が、万が一佳月に関わることであれば……いろいろと厄介《やっかい》だね」

「はい。それは、おれも……わかっています」

藤原の未来、彼の運命だけが見えない理由を、『かぐや』として知らなければならないだろうか。

佳月自身は、自分の運命を知りたいと思ったことがないし、知らなければならないものだと考えたこともない。

この世には、知らなくていいこともきっとある。

これまで『かぐや』が『観た』依頼者たちは、自分の運命を知ることを怖《こわ》いと感じたことはないのだろうか。

依頼者たちが知ろうとする理由は、義務感？

それとも、ただの好奇心《こうきしん》？

目的はきっと様々で、権力や富、利を得る為《ため》なら、些細《ささい》な恐怖《きょうふ》だと割り切ることができるのだろうか。

今まで佳月は、満月の夜の『観月』は自分に課された役目だとしか思っていなかった。

余計なことは考えず、ただ『かぐや』として存在すればいいのだと……それだけを、求められていたのだ。

初めて、『かぐや』というものがどのようなものなのか考え、人の運命を『観る』ことの意味に思いを馳《は》せた佳月は、今にも崩《くず》れそうな切り立った崖《がけ》に立たされたかのような……言葉では言い表せない、不安な気分に襲《おそ》われる。

ダメだ。こんな気分で先代の前にいてはいけない。不安の滲《にじ》む頼《たよ》りない顔を、見られてしまう。

「……これで、失礼します。お時間をいただきまして、ありがとうございました」

なんとか先代への謝辞を口にして、座布団《ざぶとん》から下りる。頭を下げて立ち上がった佳月に、先代は静かに言葉を寄越《よこ》した。

「佳月。『かぐや』であることは……しんどいかい」

「いいえ」

咄嗟《とっさ》に首を横に振って否定したが、もう一度尋《たず》ねられたら「そんなことはない」と答えられる自信はなかった。

幸い、先代はそれ以上なにも語りかけてこなくて、佳月は黙礼《もくれい》を残して廊下《ろうか》に出た。

閉じた襖《ふすま》を背にして、庭に面した廊下から暗い夜空を見上げる。

「もうすぐ、朔……か」

確か今日は、月齢が二十七・五だ。間もなく新月で、消え入りそうに細い月は夜闇《やみ》をもたらす。

足元に視線を落とした佳月は、瞼《まぶた》を伏《ふ》せて小さく息を吐《は》く。

「どうすればいい？」

自問しても、答えは容易に見つからなかった。

ただ一つ。

藤原が、『かぐや』の心を乱す存在であることだけは、間違《まちが》いなくて……これ以上深入りするのは、佳月にも『かぐや』にも危険だ。

「だから、どうする？」

ここに立って考えていても、どうにもならない。グッと唇《くちびる》を噛《か》んで顔を上げると、大伴が待機している車寄せに向かった。

□□□

「そっちから呼び出すなんて、珍しいな」

部屋に入るなり開口一番そう言った藤原を、寝具《しんぐ》に正座して待っていた佳月は簾越《すだれご》しに見上げた。

「珍しいっつーか、初めてか。しかも、大伴さん公認《こうにん》で。おっかない声で電話がかかってきた時は、何事かと思ったぞ」

佳月がなにも答えないうちに冗談《じょうだん》めかした言葉を並べて、腰《こし》を下ろす。

相変わらず、大胆《だいたん》というかマイペースというか……遠慮《えんりょ》がない。よく言えば、物怖《ものお》じしない大物か。

「でもさ、『かぐや』が『観える』のは、満月じゃなかったか？　今夜は、空が真っ暗で……新月だよなぁ？」

不思議そうに尋ねられて、グッと両手を握《にぎ》り締《し》めた。

大伴には、「先代に相談したら、朔の日に『観月』を行ってみればいいと言われた」などと、それらしい理由を話して藤原を呼び出してもらったのだ。

満月ではなく、新月を選んで『観月』に臨《のぞ》んだことは前例がない。当然、大伴は訝《いぶか》しそうな顔をしていたけれど、先代の提案だと言えば眉間《みけん》の皺《しわ》を解いた。

なにより、二度も『観《み》えない』こと自体が異例なのだから、打開策としてあり得るかと納得《なっとく》したようだ。

「おい？　さっきから、一言もしゃべらねーけど……佳月だよな？」

そんな言葉と同時に、躊躇《ためら》う様子もなくバサリと簾が捲《まく》り上げられて、大柄《おおがら》な影《かげ》に見える藤原が越境《えっきょう》してきた。

「あ、いた。一安心だ。黙《だま》り込んでいるから、もしかしてマネキンでも置かれているのかと心配になったぞ」

佳月を見下ろした藤原と視線が合い、屈託《くったく》なく笑いかけてくる。

心臓が……ドクンと、奇妙《きみょう》なほど大きく脈打った。前回顔を合わせてからの一週間ほどのあいだに、どれくらいこの男のことを考えただろう。

「どうした？　なんか、変な顔をしてるぞ」

佳月の前にしゃがみ込んだ藤原が、顔を覗《のぞ》き込んできた。わざと無愛想《ぶあいそう》にそっぽを向いて、短く言い返す。

「不細工で悪かったですね」

「そんなことは言ってないだろう。今夜も『かぐや』サンは美人ですよ」

いつもの冗談めかした一言だったけれど、藤原に『かぐや』と呼びかけられた途端、胸の奥がチクリと痛みを訴《うった》える。

藤原にとって、平凡《へいぼん》な青年の佳月がこの場でのみ魅惑的《みわくてき》な『かぐや』なのか……『かぐや』が、日常では佳月という男子学生なのか。

どちらに重きが置かれているのか、わからない。

そうして、藤原の真意を知りたいと思う自分が怖い。今日こそ、この男を『観て』役目を果たし、縁《えん》を切ろう。

一人の人間に、心中を掻《か》き乱されるわけにはいかないのだから。

「藤原さん、一つ……提案があります」

目を合わせることなく口を開いた佳月に、藤原はいつもと変わらない飄々《ひょうひょう》とした態度で首を傾《かし》げる。

「うん？」

「先代に、どうして藤原さんだけが観えないのか相談しました。そしたら、交われば観えるかもしれないと……」

巧《たく》みに言葉を濁《にご》したり、遠回しに伝えたりする術《すべ》は知らない。直球を投げた佳月に、さすがの藤原も戸惑《とまど》ったようだ。

「交わ……ああ？　交接……交尾《こうび》じゃない、セックスしろってか？」

初めは不思議そうだったけれど、意味を解した途端《とたん》彼らしくなく動揺《どうよう》したのか、言い返してきた低い声が揺《ゆ》らいでいる。

佳月の言葉以上にそのままの単語を返されて、じわっと顔が熱くなった。

「俗《ぞく》っぽい言い方をすれば、そのようです。呼吸というか、波長を可能な限り添《そ》わせればいいので……。藤原さんに依頼《いらい》されたものが観えれば、役目が果たせます。藤原さんも、信じきっていない儀式《ぎしき》に何度も足を運ぶ必要がなくなる」

そのための手段は、少しどころではなくハードルが高いかもしれない。けれど、面倒事《めんどうごと》が一気に解決するなら幸いだと、藤原は「仕方ねぇなぁ。さっさと終わらせるか」と同意する……はず。

そんな佳月の予想は、即座《そくざ》に打ち砕《くだ》かれた。

「いや、それは……いくらなんでもなぁ。あいつがヒントらしきものを持ち帰ったし、そこまでして知るほどのことじゃ……」

藤原は険しい表情でつぶやき、視線を泳がせながら、佳月の提案を受け入れることに躊躇《ちゅうちょ》している。

頭の中が真っ白になった佳月は、ふらりと手を伸《の》ばして藤原が着ている白いシャツの袖口《そでぐち》を摑《つか》んだ。

「今度こそ、絶対に観ますから。お願いです。おれは、『かぐや』じゃなければいけない。観えない例外なんか、あってはいけないものなんですっ」

ムキになっているだろう、と。

そう言って、笑いながら拒絶《きょぜつ》されても仕方がない無様さだ。

どこかが痛いような表情でジッと佳月を見ていた藤原が、大きく息をついて縋《すが》る佳月の手を外させた。

「あ……お、男とそんなの、嫌《いや》だよね。手を繋《つな》いで寝《ね》るのも、渋々《しぶしぶ》だったし……嫌でも、仕方ない」

「バカ、違う。おまえがそんなことを言い出したのは、『かぐや』としての義務感からだろ。そんなものにホイホイ乗っかったら、俺は……間抜《まぬ》けだし、いくらなんでも不誠実が過ぎるっていうか、男としての沽券《こけん》に関《かか》わるっつーか。わかんねぇか？」

最後の一言は佳月に向かって問いかけたものだったが、佳月は藤原の語ったことの意味を半分も理解できていなかった。

ゆるく首を振《ふ》りながら、頼りない声で言葉を返す。

「な……に？　わかんない」

佳月が『かぐや』でなければ、存在意義がない。なのに、その存在意義の要《かなめ》である『かぐや』さえ必要とされないのなら……どうすればいい？

底の見えない真っ暗な穴の中に、延々と落ちて行くような不安と恐怖《きょうふ》が伸し掛《か》かって来て、震《ふる》える手で藤原の腕《うで》に縋りついた。

「いらない、って言わないでよ。おれ……は、『観る』ことができないと価値がない」

「違うって！　チッ、純粋培養《じゅんすいばいよう》っつーか、温室育ちはこれだから……。義務感じゃなく、おまえの意志じゃないと意味がないんだよ」

「……？」

「鈍感《どんかん》め」

忌々《いまいま》しそうに低く吐《は》き捨てた藤原が、佳月の手を振り払《はら》って自分の手を伸ばしてくる。

あまりにも険しい顔をしているから、もしかして殴《なぐ》られるのかと覚悟《かくご》を決め、目を閉じて身体《からだ》を硬《かた》くした。

「あ……」

けれど、頭を摑まれた佳月が感じたのは、優《やさ》しい感触《かんしょく》で……憶《おぼ》えがないわけではないぬくもりに、接触《せっしょく》された唇を震わせる。

伏《ふ》せていた瞼《まぶた》を押し開くと、間近で佳月を見ている藤原と視線が絡《から》んだ。

「こういうことだ。おまえが、可愛《かわい》い。特別だ。……好きだから、『観る』ことを目的に抱《だ》きたくない」

頭を摑んでいた両手で、クシャクシャと髪《かみ》を撫《な》で回される。

乱雑な仕草のようでいて、指から伝わってくるのは優しい感情で……心臓が、怖《こわ》いくらいのスピードで脈打つ。

息が苦しい。喉《のど》の奥になにかが詰《つ》まっているみたいで、声が出ない。

胸の奥深くから、これまで佳月が感じたことのない、甘い……熱い塊《かたまり》が込み上げてくる。

「藤原さん、おれ……なんか、変だ。ドキドキして、苦しい。触《さわ》られるの、怖いのに……嫌じゃない。誰《だれ》と手を触《ふ》れ合わせて寝ても、こんなふうにならなかったのに」

途方《とほう》に暮れた気分になって、取り留めもなく抱《かか》えている不安を零《こぼ》す。

佳月自身も、よくわからないまま口にしたのだ。曖昧《あいまい》な言葉と混乱に揺らぐ声だったと思うのに、藤原はこれまで見たことのない微笑《びしょう》を浮《う》かべた。

甘ったるい、優しい笑《え》みが恥《は》ずかしくて、視線を逃《に》がす。

ジッと見ていたら、心臓の鼓動《こどう》が加速するばかりになり、暴走してどうにかなってしまいそうだった。

「自覚してないのか。おまえのそれは、俺と同じだと思うが。ほら……」

手を取られて、藤原の胸元《むなもと》に押しつけられる。トクトクトク……佳月と同じくらい激しい動《どう》悸《き》を手のひらで感じて、不思議な気分になった。

「同じ……かも？」

「だろ」

ふっと笑い、端整《たんせい》な顔を寄せてくる。

反射的に瞼を伏せた佳月は、微塵《みじん》も藤原を拒《こば》もうとせず、無意識に受け入れようとしていることに自覚がない。

ただ、指先を動かすこともできなくて、重ね合わされた唇《くちびる》に睫毛《まつげ》を震わせる。

「ッ……ん」

「なんか……メチャクチャに悪いコトをしている気分だな。神聖な場で、綺麗《きれい》な清い存在を穢《けが》す……って感じで、冗談《じょうだん》じゃなく罰《ばち》が当たりそうだ」

口調が軽いからいつもの冗談かと思えば、目を開けて見上げた藤原は真顔だった。

細く息を吐いた佳月は、なんとか動かすことのできた手を上げて、藤原の首に巻きつかせる。

「佳月？」

ポツリと藤原が呼んだのは、『かぐや』ではなく『佳月』だった。そんな些細《ささい》なことが嬉《うれ》しくて、なのに泣きたいような頼《たよ》りない気分になる。

「おれは……そんなに綺麗じゃないよ。大伴に嘘《うそ》をついてでも、藤原さんと逢《あ》おうとした……逢いたかった」

それは、藤原の言う「好き」と同じなのだろうか。

明確な答えは出ないけれど、背中を抱き寄せられてピッタリと密着したところから体温が伝わってきて……それが心地《ここち》よくて嬉しいのは、確かだ。

「こんなふうに触られても、嫌じゃないか？」

着物の袂《たもと》から大きな手が差し込まれて素肌《すはだ》に触れられても、気恥《きは》ずかしさだけが込み上げてくる。

「うん。藤原さんの手は……気持ちいい」

素直《すなお》に感じるまま口にすると、胸元に触れている藤原の手がビクッと震えた。

なにか、悪いことを言った？　と不安になる前に、寝具《しんぐ》へと身体を押し倒《たお》される。

「ッ……予告してください」

手荒《てあら》な扱《あつか》いに苦情をぶつけた佳月を、藤原は淡《あわ》い蠟燭《ろうそく》の光を背にして見下ろしてくる。

その目が、いつになく真剣《しんけん》で射貫《いぬ》こうとしているように鋭《するど》くて……喉がカラカラに渇《かわ》く。

「悪い。なんか、余裕《よゆう》とか理性とか大人の良識とか、もともと大して持ち合わせてない色んなものが飛んで行った。もっと、触っていいか？」

「……いいよ」

食い入るような強い視線から顔を背《そむ》けて、小さくうなずく。そうして逃げを図《はか》った佳月の頬《ほお》に触れて、顔の向きを戻《もど》された。

熱い頬を隠《かく》そうとしても、許してくれない。なにもかも見てやるとばかりに、藤原の目に曝《さら》される。

「怖いか？」

「まさか」

微《かす》かな怯《おび》えを、佳月よりずっと大人の藤原には見抜《みぬ》かれてしまったらしい。反射的に否定したのは、同性を怖がっていると思われるのが悔《くや》しいという意地だ。

睨《にら》み上げた佳月に、藤原は仄《ほの》かな苦笑《くしょう》を浮かべて顔を寄せてくる。ギュッと目を閉じて口づけに備えたけれど、藤原の唇は耳元に押しつけられた。

「俺を嫌《きら》いになるなよ」

た。

言い返そうとした言葉の途中《とちゅう》で今度こそ唇を重ねられて、きちんと伝えることができなかった。

「ならな……ッ」

それなら態度で示そうと、広い背中に腕を回して強く抱きついた。

薄《うす》いシャツの生地《きじ》を通して、藤原の体温を感じる。

「ン……ぅ」

触れ合わされた唇の間から、濡《ぬ》れた感触が潜《もぐ》り込んでくる。

佳月がビクリと大きく身体を震わせたのにも引くことなく、藤原は無遠慮《ぶえんりよ》に口腔《こうこう》の粘膜《ねんまく》を舌先でくすぐってきた。

「っ、ふ……ぁ、ぁ！」

力が……抜ける。藤原の背中にしがみついていた手を寝具に投げ出して、ぼんやりとした浮《ふ》遊感《ゆうかん》に漂《ただよ》う。

「そんなに無防備になっていいのか？　もっと……触るぞ」

「ぁ……ッ」

スルスルと大きな手が着物を乱し、あっという間にはだけられてしまう。あまりの手際《てぎわ》の良さに、目を瞠《みは》ってされるがままになる一方だ。

「なんで、そんな……あっさりと」

「汚《よご》れた大人で悪いな。肌《はだ》が……蠟燭の灯《あか》りを吸い込んでいるみたいだな。月光を浴びていた姿も綺麗だったが、種類の違《ちが》う色気だ」

「色……気なんて、ない……」

「そうか？　少なくとも、俺にとってはメチャクチャ色っぽく見えるけどな」

話しながら素肌を撫でる手が、胸元から脇腹《わきばら》……更《さら》に下へと移動していく。その手の行方《ゆくえ》が気になって、話の内容がほとんど頭に入らない。

「交わるとか、簡単そうに言ってたが……なにをどうするか、具体的にわかってないだろ。こんなふうに触ってるだけで、身体を強張《こわば》らせてるし」

「おれがわかんなくても、藤原さんは……知ってる？」

確かに自分は、こんなふうに誰かと触れ合ったことなどない。『かぐや』として、手を接触させて眠《ねむ》ることはあっても、あれは感情など一欠片《ひとかけら》も伴《ともな》わない作業だ。

でも、藤原なら経験値はそこそこ高いはずだと思い、期待を込めた目で見上げた。

「んー……まぁ、な。ただ、差し出された据《す》え膳《ぜん》を食うより、自分で手間暇《てまひま》かけて料理したいタイプなんだ。でも、この状態の佳月を前にして普通《ふつう》に寝《ね》るのは無理だよなぁ。そこまで枯《か》れてない。ってわけで、別の方法でもいいか？　ようは、波長っつーか……呼吸を合わせればいいんだよな？」

佳月と視線を絡《から》ませた藤原は、珍《めずら》しく戸惑《とまど》いを滲《にじ》ませていた。

迷い迷い口にして、尋《たず》ねてきても……佳月には「そう」とも「違う」とも言えない。

「なんか……よくわかんないから、藤原さんに任せる」

頭がぼんやりとしている。

思考が上手《うま》く回らないから、藤原に任せる……と丸投げした佳月に、藤原は仄かな苦笑を浮かべている。

「あとで、文句言うなよ」

「言わない……たぶん」

視線を泳がせて最後の一言をつけ加えると、藤原の笑みが深くなる。

止めていた手の動きを再開されると、もう余計なことを口にする余裕がなくなって……寝具をギュッと手の中に握《にぎ》り締《し》めた。


「ん？　あ……さ」

目の前が明るい。

夜が明けたのかと、目の上に手を翳《かざ》して瞼《まぶた》を開いた。その直後、自分のものではない手が視界を過《よ》ぎって髪《かみ》に触《ふ》れてくる。

「そろそろ、大伴さんが来るか？」

「あ……」

これは、よく知っている藤原の声だ。

ビクッと肩《かた》を震《ふる》わせた佳月は、自分を覗《のぞ》き込んでくる男と目を合わせた。

「よ、佳月。こんな状態を大伴さんに見られたら、冗談じゃなく地獄《じごく》に蹴《け》り落とされそうだな」

どこか気まずい顔でそっと髪を撫《な》でられて、くすぐったさに目を細める。

そうか……こんなの、と言われる現状は、確かに大伴に見られてはいけないものだ。

寝乱れた寝具だけでなく、佳月は着物もほとんど身に着けていない。辛《かろ》うじて、肌襦袢《はだじゅばん》が纏《まと》わりついているだけだ。

「自分で、地獄……って」

藤原らしい軽口がおかしくて、クスリと笑ってしまう。

それまで、一言も答えることなくぼんやりしていた佳月が反応したせいか、藤原は少しだけ表情を和《やわ》らげた。

「汚《よご》さないように気をつけたつもりだが……」

なにが原因で、寝具や衣服が汚れていないか心配しなければならないのか。生々しい言葉に、グッと奥歯を噛《か》んだ。

ほとんど一方的に佳月だけが翻弄《ほんろう》され、藤原の手に受け止められた。

佳月が手を伸《の》ばして藤原に触れても、ぎこちなく拙《つたな》い触れ方しかできなくて……あれでは、不満ではないだろうか。

「すみませ……ん。おれ、なにもできなくて」

「なにも？　いや、かえって新鮮《しんせん》で堪《たま》らん感じだったけど。泣きそうな顔で、あんなふうに、一生懸命《いっしょうけんめい》ですって不器用な触《さわ》り方されたら……なぁ」

その時のやり取りを思い出し、カーッと顔が熱くなる。

藤原の熱に触れた佳月は、自分と同じ性を持つはずなのに全然違う……と躊躇《ちゅうちょ》して、恐《おそ》る恐る指を絡ませることしかできなかった。

藤原は、

「おまえと同じだろ」

と唇《くちびる》の端《はし》を吊《つ》り上げたけれど、佳月は泣きそうな声で「……違う」としか答えられず、藤原は無言で苦笑を深くしたのだ。

熱に浮《う》かされたような夜の記憶《きおく》は、曖昧《あいまい》だ。なんとか快楽を返すことができたと思うけれど、本当にあんなのでよかった？

藤原は、呼吸というか、波長が合えばいいのだろう……と前置きをしたが、確かにあんなふうに触れられて、佳月も触れて、熱情に浮かされた時間を共有すれば、これまでになく藤原の存在を身近に感じた。

交わる、という行為《こうい》には不足のはずだが、濃密《のうみつ》な時間だったことは間違いない。

落ち着きなく視線を泳がせる佳月をよそに、藤原はマイペースで飄々《ひょうひょう》と言葉を続けた。

「蜜月《みつげつ》……と言いたいところだが、少しばかり厄介《やっかい》な出張があるんだ。そうだな、半月くらいってとこか。携帯《けいたい》も通じないし、次に逢《あ》うのはちょっと先になるが、また連絡《れんらく》する。……忘れんなよ」

「忘れ……るかよっ」

こんなに強烈《きょうれつ》なアレコレを、忘れるものかと睨みつける。佳月の切り返しは予想どおりだったのか、藤原はククッと肩を震わせて顔を寄せてきた。

「大伴さんに、そんな……可愛《かわい》い顔、見せんなよ。いつもみたいに、ツンと澄《す》ましてろ」

「言われなくても……ン」

言い返そうとした言葉を、キスで封《ふう》じられる。

唇を離《はな》し、こちらが恥《は》ずかしくなるくらい甘ったるい顔で笑った藤原は、濡れた佳月の唇を親指の腹で拭《ぬぐ》って口を開きかけ……。

「失礼します、『かぐや』。よろしいですか？」

「っっ！」

ノックと共に聞こえてきた大伴の声に、息を呑《の》んだ佳月は肩を強張らせた。ふわふわ非現実に漂《ただよ》っていた心身を、唐突《とうとつ》に現実へと引き戻《もど》された気分だ。

「身構えんなよ、佳月」

佳月の頬《ほお》を手のひらで包み、クスリと余裕《よゆう》の笑《え》みを浮かべた藤原を睨《にら》みつける。自分だけ過剰《かじょう》に意識しているのかと、くだらない意地だとわかっていながらプライドが刺激《しげき》された。

「そうそう。大伴さん、引き止めるから……色っぽい格好、直しておけよ」

藤原が簾《すだれ》を捲《まく》り上げて向こう側へ戻った直後、再びノックと共に大伴の怪訝《けげん》そうな声が名前を呼びかけてくる。

「かぐや？　どうかしましたか？」

「なんでも、ない。いいよ」

大伴に答えておいて、寝具《しんぐ》の脇《わき》に散らばっている着物をかき集める。手早く着込んでいると、簾の向こうで大伴と対峙《たいじ》した藤原の声が聞こえてきた。

「おはよーございます。大伴さん、今日も朝から爽《さわ》やかだな。まさか、スーツのままネクタイも緩《ゆる》めず寝てんのか？　パジャマとかパンツ一丁とか、想像がつかないなぁ」

「……時と場合によりますが、そうすることもあります。珍妙《ちんみょう》な想像など、していただかなくても結構」

「うわ、マジかよ。俺なんて、下手《へた》したら同じ服を一週間近く着てるんですけど、あり得ないことだろうな。あ、パンツは二日に一回は穿《は》き替《か》えるぞ」

「知りたくない情報ですね。まさかその調子で、『かぐや』に無礼を働いていないでしょうね」

「そんな、怖《こわ》い顔で凄《すご》まなくても……心配なら、直接『かぐや』サンに聞けば？」

「そうします。隣室《りんしつ》でお控《ひか》えになっていてください。『かぐや』にお伺《うかが》いを立ててきます」

冷静沈着《ちんちゃく》で誰《だれ》に対しても事務的な態度を崩《くず》さない大伴も、藤原の妙なペースには少しばかり巻き込まれてしまうようだ。

いつになく藤原の軽口につき合ってくれたことで、佳月は着衣の乱れを隙《すき》なく整えることができた。

藤原が出て行った気配に続き、大伴が声をかけてくる。

「御簾《みす》を上げてもよろしいですか？」

「ああ」

応《いら》えとほぼ同時に簾が巻き上げられ、佳月の視界に大伴が着ているスーツの裾《すそ》が映る。右膝《みぎひざ》をつき、静かに尋ねてきた。

「あの依頼《いらい》者に、礼を欠いたことをされていませんか？」

「されていない」

「庇《かば》っているのではなく？」

「庇う理由がない」

「そう……ですね。それなら、よろしいのですが。先代の助言に添《そ》い……なにか、『観《み》え』ましたか？」

「……なにも」

「然様《さよう》ですか。やはり、あの男との相性《あいしょう》がよくないのでしょう。当主に、もうあの男の依頼は受けないよう……僭越《せんえつ》ながら、進言させていただいたほうがよろしいかもしれませんね。では、私は彼に伝えてきますので」

佳月が無言で頭を上下に振《ふ》ると、大伴は膝《ひざ》を伸ばして小部屋を出て行く。

なにも『観え』なかった？

……嘘《うそ》をついた。

本当は、頭の隅《すみ》に残像のように滞《とどこお》っているものがある。

ただ、慣れた満月の『観月』ではなく、眠《ねむ》りに落ちた状況《じょうきょう》も特殊《とくしゅ》なものなので……あれがただの夢なのか、『かぐや』としての能力が発揮されたものなのか、わからない。

「藤原さん……が」

自身の手も見えないほどの、暗闇《くらやみ》の中にいた？

一場面であり、暗黒に包まれた『その場』は明確に視覚で捉《とら》えられなかったので、確信はない。

なにより、初めて身に受けた熱が未《いま》だに肌《はだ》に纏わりついているみたいで……集中を乱し、思考が上手《うま》く回らない。

これが、雑念というものだろうか。だとしたら、確かに『かぐや』にとって恋情《れんじょう》は難敵なのかもしれない。

「どう……しよう」

存在意義を揺《ゆ》るがす想《おも》いは、捨てるべきだろうか。

でも、どうやって？

この気持ちを手放す術《すべ》などわからないし、容易《たやす》くそうできるとも思えない。

どれほど『かぐや』にとって望ましくないものであっても、胸の奥を仄《ほの》かなぬくもりで満たす感情を邪念《じゃねん》だとは言いたくない。

「人を好きになったら、どうなるか……先代も、教えてくれなかった」

左手首にある『かぐや』の証《あか》しが熱く疼《うず》いているような気がして、右手で覆《おお》う。目を閉じた佳月は、困惑《こんわく》を抱《かか》えて深く息をついた。

《九》

目の前が、暗黒に包まれている。一筋の光でも見えれば、進むべき道筋を知ることができるかもしれないのに……。

闇の中、立ち竦《すく》むしかできない。

息苦しさを感じるのは、暗闇ゆえの圧迫感《あっぱくかん》か……実際に空気が乏《とぼ》しいのか。

救いは望めない。ならば、自身の足で進むしかない。

でも……どこへ？

「っ！　は……ぁ」

ビクリと身体《からだ》を震《ふる》わせて目を開けた佳月は、一瞬《いっしゅん》、白い光に包まれた自分がどこにいるのかわからなかった。

深呼吸と共に、瞬《まばた》きを数回。

これは、見慣れた寝室《しんしつ》の天井《てんじょう》だ。遮光《しゃこう》カーテンを閉めていないせいで、眩《まばゆ》い朝陽《あさひ》が差し込んでいる。

「夢……見てた？」

藤原と新月の夜を共に過ごしてから、約半月。曖昧《あいまい》だった『あの夜』の記憶《きおく》を佳月に知らしめるかのように、繰《く》り返し夢を見る。

これが、藤原の腕《うで》の中に抱《だ》き込まれて眠り、ぼんやりと『観た』ものと同じなのか……佳月が感じた漠然《ばくぜん》とした不安を加えて本来の『観月』からかけ離れてしまったものなのかは、わからない。

ただ、確実な異変と言えるものが佳月の身に起こっていた。

「この前より……濃《こ》くなってる？」

ベッドに横たわったまま、顔の前に左手を翳《かざ》す。

視線を当てた手首の内側にある月の形の青い痣《あざ》、『かぐや』の証しは、前回同じような夢を見た時よりも色を増していた。それだけでなく、ここ半月足らずで三日月形から半月形へと変化している。

この異変は、新月の夜に藤原を『観た』時から始まっている。藤原と大伴が小部屋を出て一人きりになったところで、わずかな変化に気づいたのだ。

意味するものは明確にわからないけれど、藤原の身になにかが起きるのでは……と、形の見えない不安ばかりがどんどん育っている。

ただ、連絡《れんらく》を試みようにも、本人が言っていたように携帯電話《けいたいでんわ》は不通の状態が続いている。

根拠《こんきょ》のない、杞憂《きゆう》であればいい。

こんなにも身近な存在などこれまでいなかったから、精神的に不安定になっているだけだと自分に言い聞かせる。

それでも、薄暗《うすぐら》いモヤのようなものが纏《まと》わりついて消えてくれない。

「なんだよ、本当に」

ベッドに起き上がって膝を抱えた佳月は、左手首を強く握《にぎ》って額を押しつける。

五感をそこに集中させても、なにが見えるわけでもない。閉じた瞼《まぶた》の裏は、真っ暗だ。

その暗さが夢の中の暗黒を思い起こさせて不安が増し、瞼を押し開いた。

「藤原さんに、なにかある？」

危機ならば、伝えなければならない。でも、どうやって？　なにより、なにが危機なのか、佳月にも把握《はあく》できていないのに……。

自分がどうするべきなのかわからず、もどかしさだけを抱えて唇《くちびる》を噛《か》む。

「……佳月さん、起きていらっしゃいますか？」

控え目なノックと共に大伴の声が聞こえてきて、ベッドヘッドのところにある目覚まし時計を振り向いた。

グズグズしていたせいで、いつも寝室を出る時間はとうに過ぎている。

「起きてる。すぐに出る」

「では、コーヒーの準備をしておきます」

佳月が答えたことに安堵《あんど》したのか、ドアのところにあった大伴の気配が遠ざかった。

じっくりと考える間も与《あた》えてくれない、と眉《まゆ》を顰《ひそ》めかけて嘆息《たんそく》する。

「どうせ考えても、なにもわかんないか」

佳月が一人で思考を巡《めぐ》らせていたところで、解決策が出るとは思えない。大伴に対する苛立《いらだ》ちは、八つ当たりだ。

着替《きが》えて顔を洗えば、少し気分がスッキリするか……と、ベッドから足を下ろした。

□□□

「こんな状態で、きちんと『観《み》える』のか？」

そんな気分ではない、という言い分は通用しない。佳月の意志に関係なく、『かぐや』としての役割を言いつけられたら従うのみだ。

今の佳月は精神的に落ち着きがないと自覚しているので、依頼《いらい》者を迎《むか》えたところでまともに役目を果たせるかどうかわからない。

重苦しい気分のまま、いつもと同じように小部屋で待機した。透明《とうめい》の天井越《てんじょうご》しに見上げた夜空には、丸々とした満月が浮《う》かんでいる。

本当に月の加護があるのなら、自分の代わりに藤原を守ってほしい。

携帯電話が不通の場所だろうと、地球のどこにいても月光は降り注ぎ、見上げた夜空に月を見ることはできるはずだ。

「失礼します。よろしいですか」

ノックに「どうぞ」と答えると、いつもと同じように依頼者を伴《ともな》った大伴が入ってくる。

佳月は天井を仰《あお》いでいた顔を戻《もど》し、与えられた役目をこなすべく藤原の顔を頭の隅に追いやった。

今夜の『観月』は……また、若そうな男だ。これまで老若男女《ろうにゃくなんにょ》問わず『観て』きたが、似通った人物が続くことは少し珍《めずら》しい。

依頼を受けるかどうかは、すべて当主が判断している。佳月が疑問を感じたところで、理由など知る由《よし》もないのだが。

「それでは、私はこれにて失礼します。『かぐや』、なにかございましたらいつものように」

「ああ」

短い返事を確認《かくにん》して大伴が退室し、小部屋に依頼者と二人で取り残された。

余計なことを考えるな。頭を空っぽにして、無になり……佳月ではなく、『かぐや』にならなければいけない。

深く息をついた佳月は、降り注ぐ満月の光を全身で受け止めて、『かぐや』として依頼者に意識を向けた。

「では、依頼者にはそのようにお伝えします」

「……うん」

大伴を前にした『かぐや』が、うつむきがちで目を合わせようとしないのは、珍しいことではない。

特に、『観月』の後は心身《しん》ともに疲弊《ひへい》しているので、口数が少ないのもいつものことだ。

だから大伴は特に不審《ふしん》に思わなかったようで、静かに立ち上がると隣室《りんしつ》で待つ依頼者のもとへと向かった。

佳月が……『かぐや』が伝えたのは、依頼者が選ぶべき道。

地下に張り巡らされた暗い洞窟《どうくつ》の中、いくつもある分岐点《ぶんき》のどこをどう進めば、依頼者が望んだ『月の欠片《かけら》』に辿《たど》り着くのか。

目的のものを『月の欠片』と譬《たと》えたのは、それが小さな光を発するかのように瞬《また》いて見えたからだ。

それだけではなくて……。

「失礼します。依頼者はお帰りになりました。今回も、御《お》勤めお疲《つか》れ様でございました」

依頼者に『観月』の結果を伝えて戻ってきた大伴は、先ほどとまったく同じ姿勢の佳月を不思議に思ったのか、膝《ひざ》をついて距離《きょり》を詰《つ》めてくる。

「どうかなさいましたか？　顔色が優《すぐ》れないようですが」

「……大伴」

「はい？」

顔を上げた佳月は、大伴の腕を摑《つか》む。

そんな佳月の行動は、予想外だったに違《ちが》いない。大伴は珍しく目を瞠《みは》り、驚《おどろ》きを表した。

依頼者を送り出してからずっと、どう言い出せばいいのか考えていたけれど、佳月は巧《たく》みな嘘《うそ》を思いつくことができなかった。

「藤原さん……わかるだろ。連絡を取りたい」

名前を隠《かく》して、彼の情報を得ようとするのは不可能だ。遠回しに聞き出すことをあきらめて、ストレートに尋《たず》ねた。

大伴が表情の変化を見せたのは一瞬《いっしゅん》で、即座《そくざ》に平静を取り戻したらしい。佳月の言葉に、能面のような無表情で言い返してくる。

「どういうことですか？　依頼者の名前など、私は存じませんが」

「嘘だ。大伴は知ってるだろ。頼《たの》むから……」

睨《にら》むような目で見据《みす》えながら、大伴の腕《うで》を摑む指に力を込める。そんな佳月の様子を尋常《じんじょう》ではないと感じたのか、大伴は淡々《たんたん》と口を開いた。

「あなたが何故《なぜ》、その名前を知っているのか、甚《はなは》だ疑問ではありますが……ひとまず、連絡を取りたいとお望みになる理由をお聞きしましょう」

理由を聞こうという姿勢を見せてくれたのは、ありがたい。頭から拒絶《きょぜつ》されなかっただけで、第一関門は突破《とっぱ》だ。

コクンと喉《のど》を鳴らした佳月は、懸命《けんめい》に理由を語る。

「伝えたいことがある。昨夜の……依頼者を『観た』時に、藤原さんも観えた。あの人の身が危険なんだ」

視点は依頼者だったけれど、あれは間違《まち》いなく藤原だった。

漠然《ばくぜん》としていた危機感と不安が、明確な形となって『観え』たのだ。

「なにが『観え』ましたか？」

「言ったら……教えてくれる？」

「内容によります」

焦燥感《しょうそうかん》に突《つ》き動かされる佳月とは裏腹に、大伴は冷静そのものだ。

二の腕を掴んでいる佳月の手が、頼《たよ》りなく震《ふる》えていると……スーツの生地《きじ》越しであっても、伝わっているはずなのに。

それでも、佳月は大伴に頼るしかない。携帯電話《けいたいでんわ》が通じなければ、どこに住んでいるのか……職業はなにかさえ、知らないのだ。

細い細い藤原と繋《つな》がっている糸の端《はし》を握《にぎ》るのは、大伴だけだ。

スッと息を吸い込み、『観えた』ものを語った。

「真っ暗な闇《やみ》に、閉じ込められている……。周りは、たぶん岩で……じっとりとした、洞窟みたいなところ。灯《あか》りもなくて、どこに向かえばいいのかわからない」

「ああ……なるほど」

　佳月の言葉を聞いた大伴は、一人で納得《なっとく》したようにうなずく。

　チラリと佳月に視線を向けてきたけれど、その目は感情の乏《とぼ》しい冷淡《れいたん》なもので、なにを考えているのか読み解くことはできない。

「話したんだから、教えろよ。藤原さんに、連絡《れんらく》して……伝えたい。助けないといけない」

　佳月は必死で懇願《こんがん》しているのに、大伴の目は冷めたままだ。真意を探《さぐ》るように、佳月の顔を見据えている。

「どうして、それほど懸命に彼に伝えようとするのですか？　彼の身に危険があっても、あなたには関係がないでしょう」

「関係……なくはない。これ……」

　着物の袖《そで》を捲《まく》り上げた佳月は、左手首の内側を大伴の目前に突き出した。

　大伴は仕方なさそうに、チラリと視線を向け……先ほどの比ではなく、顔色を変える。

「な……んです、これ。つい先日まで、三日月形だったのでは？」

　佳月の手を摑んだ大伴は、眉間《みけん》に皺《しわ》を刻んでマジマジと手首を検分する。

　擦《こす》っても消えないと確かめるように、小さく震える指の腹で青い痣《あざ》を辿り……どうして、と呆然《ぼうぜん》とつぶやいた。

「夢を……見るんだ。この前の、新月の夜から何回も同じ夢を見て、そのたびに育ってる。藤原さんに、伝えろってことじゃないの？」

　佳月の左手首にある、青い月の形の痣。『かぐや』の証《あか》しは、この半月ほどで異常に形を変えていた。

大伴が言うように、月の初めには三日月形だったものが、今では満月に近い形にまでなっている。

「大伴」

縋《すが》る思いで名前を呼ぶと、ハッとした顔で弾《はじ》かれたように佳月の手を放し、視線を泳がせた。

迷うような間が、息苦しい。少しでも早く藤原に伝えたいのに、佳月ではどうすることもできないのだ。

気が急《せ》くばかりでもどかしさに唇《くちびる》を噛《か》むと、大伴が迷いを振《ふ》り払《はら》うかのように頭《かぶり》を振り、スーツのポケットからスマートフォンを取り出した。

ジッと見詰《みつ》める佳月の前で画面を操作すると、どこかに連絡を取る。

「失礼します。大伴です。朝早くに申し訳ございません。……起床《きしょう》なさっていましたら、当主に取り次いでください」

耳に入ってきた言葉にホッとして、佳月は全身の力が抜《ぬ》けるような感覚に襲《おそ》われる。

……ダメだ。ここで気を抜いてはいけない。まだ、藤原に伝えられていないのだから。

強く拳《こぶし》を握り、焦《あせ》りの欠片もなく静かに会話を交《か》わす大伴の横顔を、食い入るように見詰め続けた。

□□□

大伴がハンドルを握る四輪駆動のBMWは、対向車のない山道を登り続けている。後部座席に座った佳月は、青々とした葉を茂《しげ》らせた木々が立ち並ぶのみの、変わり映《ば》えしない車窓を眺《なが》め続けた。

どんな手を使ったのか、大伴は半日足らずで藤原がいるという現場の情報を得て、佳月を車に乗せた。

佳月のためでなく、ましてや藤原のためでもなく……きっと、すべては『かぐや』のためだ。大伴も佳月も無言の車内には、奇妙《きみよう》な緊張感《きんちようかん》が漂《ただよ》っている。

おかげで佳月は、藤原のことだけに心を傾《かたむ》けることができる。

大伴から聞いた藤原の職業は、佳月が薄《う》っすらと予想していたものより遥《はる》かに重大なものだった。

今は閉山されている、かつての炭鉱の、さらに奥……戦前の技術では掘削《くつさく》の不可能だった深層で、昨今になって新たな鉱石が発掘《はつくつ》された。

特殊《とくしゆ》な鉱石で、研究段階ではあるけれど……極端《きよくたん》に熱に強い。加熱すればするほど強度を増し、航空機や宇宙ロケットだけでなく、ミサイル等の兵器に至るまで用途《ようと》は無限らしい。

その特殊さ故《ゆえ》に国家機密に等しく、鉱山の場所は秘匿《ひとく》されている。通信も意図的に遮断《しゃだん》されているので、現場に入れば外部から連絡を取る術《すべ》がない。

正確な場所を知っているのは、関係者でもごく一部だという。

藤原が勤める研究機関は国に属するもので、そうした未知の岩石の発掘調査や隕石《いんせき》と呼ばれる宇宙飛来物の収集分析《ぶんせき》、更《さら》に数種の鉱物を化合させて新たな素材の開発まで携《たずさ》わっているらしい。

藤原は、責任者として調査に乗り出したけれど、その鉱石は微量《びりょう》で、特殊な磁気を帯びた鉱石に囲まれているせいでソナーなどにも反応せず、採石のための最適な発掘箇所《かしょ》を探しあぐねていた。

最終手段として、『かぐや』に頼った……と聞かされて、初めてやって来た際の不本意そうな態度の理由がわかった。

藤原は自身の意志で『観月』に臨《のぞ》んだのではなく、断れない上層部からの命で渋々《しぶしぶ》……だったに違いない。

同時に、古くから国の中枢《ちゅうすう》と関《かか》わりを持ってきた竹居の当主が、依頼《いらい》を優先して受けたのも道理だと、ようやく納得できた。

「もうすぐです」

「……うん」

窓の外には、夕闇《ゆうやみ》が迫《せま》っている。街灯などない山道はあっという間に夜闇に包まれて、車のヘッドライトが照らすのみになる。

曲がりくねった山道を登り続ける車は、数え切れないほどカーブを抜け……スピードを落とした次の瞬間《しゅんかん》、突如《とつじょ》視界が明るくなった。

なにかと思えば、拓《ひら》かれた場所に大型の投光器がいくつも設置されている。山の頂上に近い場所のはずだが、二階建てのプレハブが並び……駐車場《ちゅうしゃじょう》には多くの車が停《と》められ、小さなホテルが出現したようになっていた。

その一角に、大勢の人が集まっている。地面に大きな紙を広げて取り囲み、ライトで照らし……なんとなく物々しい空気が漂っていた。

大伴が車を停めると、作業着にヘルメットを被《かぶ》った中年の男性が小走りで近づいてきた。

「あんたら、ここは」

「存じています。許可証をいただいていますので……」

大伴が提示した用紙に目を落とした男性は、小さくうなずいて大伴と佳月を交互《こうご》に見遣《みや》った。

その表情には、困惑《こんわく》が滲《にじ》み出ている。

「申し訳ないが、今は現場責任者の藤原が不在でしてね。……非常事態なもんで、お構いできないんです」

「非常事態？」

「いや、その……責任者を含《ふく》むグループが、坑道《こうどう》に入っているんですが……予定時刻を大分過ぎても、戻《もど》ってこないものでして。ここら一帯は鉱石が磁力を帯びていることもあって、特殊な周波の無線しか使えないもんで、連絡を取る術がなく弱っているんです。援軍《えんぐん》を向かわせても、下手《へた》したらミイラ取りがミイラになりかねない。まさか、落盤《らくばん》に巻き込まれてはいないはずですが……」

大伴の脇《わき》で男性の言葉を聞いていた佳月は、胸の奥に渦巻《うずま》いていた不安が急速に膨《ふく》れ上がるのを感じて、シャツの胸元《むなもと》を握り締《し》めた。

真っ暗な闇に四方を囲まれた藤原の姿が、明確に浮《う》かぶ。あの夢が暗示していたものが、現実になっているのだと確信した。

危機を伝えて……助けるためにここまで来たのに、間に合わなかった？

「それは、大変な時に……」

言葉尻《ことばじり》を濁《にご》した、大伴の視線を感じる。

唇を引き結んだ佳月は、投光器が照らす先……岩肌《いわはだ》に口を開けた、真っ黒な坑道の入り口らしき場所を、ジッと見据《みす》えた。

「チーフ、無線が途切《とぎ》れました！　ノイズだらけで、あちらに通じているかどうかもわかりません！」

「ああ？　ちょっと待て。今行く」

地図らしきものを囲んでいる一人から声をかけられた男性は、大声で言葉を返して大伴と佳月に会釈《えしやく》を残し、慌《あわ》てた様子で背を向けた。

人の輪に駆《か》け戻る背中を見ていた佳月は、反射的に坑道の入り口に向かおうとして……強い力で、二の腕《うで》を摑《つか》まれる。

「待ちなさい、佳月さん。なにをなさる気ですか？　あなたが行ったところで、どうにかなるとでも？」

「あ……おれ」

無意識に、走り出そうとしてしまった。無謀《むぼう》としか言いようのない行動を、険しい顔の大伴に叱責《しっせき》されてグッと唇を嚙む。

頭では、わかっている。

自分がなにか余計なことをしたら、かえって邪魔《じゃま》になるだけだ。ただ、ジッとしていられなくなっただけで……。

「大伴、おれは……でも、わかるかもしれない。道が……観《み》える、かも」

左手首の痣《あざ》が、いつになく熱を帯びているみたいだ。存在を誇示《こじ》するかのように、ズキズキと疼《うず》く。

右手で左手首を握《にぎ》り締める佳月の仕草で、そのことを察したのだろうか。大伴は、あきらめたように吐息《といき》をついた。

「わかりました。無線をお借りしてきます。あなたも聞いていたように、それが用を成すかどうかは、わかりませんが……」

佳月をその場に残した大伴は、ゆったりとした足取りでヘルメット姿の男たちの輪に加わった。

短く言葉を交《か》わし、どう説得したのか……大型の黒い無線機の端末《たんまつ》を手にして、佳月の傍《かたわ》らへ戻ってくる。

「やはりノイズだらけです。奥へ入った藤原さんたちは、受信装置を携帯《けいたい》しているようですが……本当に、通じていないかもしれません」

「……うん」

それでも、通じるかもしれないというだけで大きな希望だった。

大伴から無線機を受け取った佳月は、震《ふる》える手で無線機を握り締めて、イヤホンを片耳に装着する。

確かに、ザザザと不快なノイズ音が響《ひび》くのみだったけれど、無駄《むだ》だなどと考えることなく無線機に向かって語りかけた。

「聞こえないかもしれないけど……藤原さん。右手を伸《の》ばして、岩肌に触《ふ》れて……そのまま、真っ直《す》ぐ辿《たど》って分岐《ぶんき》点まで進んで。上りと下りで迷ったら、下に。……上ったらダメだ。足元が崩《くず》れているから。しばらく下り続けたら、採光のために掘《ほ》った穴がある。その先は、たぶん……知ってる道だ」

あちらには、聞こえていないかもしれない。

でも、だからといって引くことはできなかった。大伴の視線を感じながら、あきらめることなく無線機に向かって語り続ける。

目を閉じた佳月の瞼《まぶた》の裏には、藤原の姿だけが浮かんでいる。

そうして返事のない無線機に語り続けて、どれくらい時間が過ぎたのか……。

「……おい」

不意に、ザワリと空気が動くのを感じた。無線機に向かっている佳月の肩《かた》に、ゆっくりと大きな手が置かれる。

「佳月さん」

大伴の声に促《うなが》され、のろのろと顔を上げた。

さっきまで、地面に広げた大判の地図のようなものを囲んでいたヘルメット姿の男たちが、坑道の入り口に向かって駆け出す。

その先にあるものは……彼らと揃《そろ》いの作業着とヘルメットを被った、数人の男たちの姿だ。先頭に立つのは、見慣れた長身。距離《きょり》が離《はな》れていても、ヘルメットを被っていても、佳月にはそれが藤原だとわかる。

「戻って……きた？」

「そのようですね。あの頑丈《がんじょう》そうで図太い神経の男が、そう簡単にどうにかなるとは思いませんでしたが」

呆然《ぼうぜん》とつぶやいた佳月とは違《ちが》い、大伴はどこか残念そうに口にする。

藤原が、戻ってきたと……実感した途端《とたん》足から力が抜《ぬ》けて、地面に座り込んでしまった。

地面に転がる小石を見詰《みつ》めて、大きく安堵《あんど》の息をつく。

よかった。自分が役に立てたかどうかはわからないけれど、そんなことどうでもいい。ただ、藤原が戻ってこられたのなら……それでいい。

地べたに座り込んだままの佳月を立ち上がらせようとしてか、視界の端《はし》にスーツの袖口《そでぐち》が映る。

その手が佳月の腕に触れる直前、別の手が割り込んできた。

「待った、大伴さん。それは、俺の役目だろ」

「あ……」

聞き覚えのある声に、パッと顔を上げる。

ヘルメットを脱《ぬ》いだ藤原は、全身が土埃《つちぼこり》にまみれていたけれど、見えるところに怪我《けが》をしているようではない。

「途中《とちゅう》で落盤があって、戻れなくなったんだ。ライトも切れて、真っ暗な坑道で迷子になりかけていたが……何故《なぜ》か、おまえの声だけが聞こえてた。佳月、俺を呼んだだろ？」

「ッ……」

声が……出ない。なにか、言わなければならないのに……なにを言えばいいのかも、わからない。

ただ、衝動《しょうどう》に背中を押されるままに両腕を伸ばして、藤原の肩に縋《すが》りつく。

「おい、俺……メチャクチャに汚《きたな》いんだけど。なぁ……大伴さんに睨《にら》まれてるんだが」

この場面で、言うことはそれか。

藤原らしい……と思えば、自然と頬《ほお》が緩《ゆる》んでしまった。

「バカ」

「おいおい、ここで開口一番に言う台詞《せりふ》が……バカかよ」

藤原は佳月の背中を抱《だ》き返しながら、弱った声でそうぼやく。

笑っているはずなのに、何故か目の前が白く霞《かす》んでいて……喉《のど》の奥がヒリヒリ痛い。

一言も言葉が出ない佳月は、土の匂《にお》いのする身体《からだ》に抱きついている腕に、無言のままギュッと力を込めた。

□□□

竹居本家の大広間には、なんとも形容しがたい緊張感《きんちょうかん》が漂《ただよ》っていた。

当主と、先代『かぐや』と、佳月……皆《みな》が黙《だま》りこくっているせいで、重々しい沈黙《ちんもく》が続く。

佳月の左手首の内側、今では完全な満月となった青い痣を見ていた先代が、ようやく口を開いた。

「かぐやと、その人物の運命とが……交錯《こうさく》していたということか。何度試《ため》しても『観えなかった』のは、『かぐや』としての寿命《じゅみょう》が尽《つ》きる暗示だったのかねぇ」

これほど急激に月が満ちるなど前例がないと、嘆息《たんそく》する。

完全な満月となり……そう経《た》たずに、この痣は消えるだろう。後継《こうけい》の証《あか》しは、既《すで》に誰《だれ》かに現れているはずだ。

つまり、佳月はもう、竹居家にとって意味のない存在になったということだろう。

「おれの、『かぐや』としての役目が……終わるということですね」

「そうなるな。さて、竹居の血筋のどこに継承《けいしょう》されたのか……探さねばならん。分家筋まで確《かく》認《にん》するべきかね」

「……すぐに手配しよう」

ようやく口を開いた当主は、もう佳月に興味は失《う》せたとばかりに立ち上がって、広間を出て行く。

佳月がここに座してから、一度も目を合わせなかった。相変わらず、父親としての情など微《み》塵《じん》も感じない。

「おれ、竹居家を追い出されるかな」

さほど危機感もなくつぶやくと、先代がゆっくりと首を横に振《ふ》った。

「佳月は、『かぐや』について知りすぎているからね。『かぐや』の任が解かれても、完全な自由とはならないだろう」

「そ……っか。監視《かんし》されるのは、これまでとあんまり変わらないってことか。あ、でも……あんなに豪華《ごうか》なマンションは無駄だろうから、引っ越《こ》しかな。大伴も、新しい『かぐや』についたほうがよさそうだし」

思いつくままにしゃべっていると、先代がそっと息をついた。

佳月と視線を合わせて、静かに語りかけてくる。

「なにもかも、そんなに急がなくていい。いきなり『かぐや』のお役がご免《めん》になった戸惑《とまど》いは、わからなくはないからね。これまでの行いがあるんだから、おまえも……ご母堂たちご家族についても、悪いようにはしない。考える時間はたくさんあるから、少し休むといい。改めて、当主から連絡《れんらく》がいくはずだ」

「……はい」

佳月の戸惑いや、強がりに近い言葉までお見通しだと言わんばかりに諭《さと》されて、素直《すなお》にうなずいた。

この人には、ありとあらゆるものを見抜《みぬ》かれているみたいだ。

先代と向かい合えば、佳月はいつも、ここに来たばかりの十三歳の頃《ころ》に戻《もど》ったような気分になる。

「大伴が待っているだろう。行きなさい」

「はい。失礼……します」

先代に向かって深く頭を下げた佳月は、座布団《ざぶとん》を下りて立ち上がった。座敷《ざしき》を出てすぐの廊《ろう》下《か》には、大伴が立っていて……足を止める。

「お帰りになってもよろしいのですか？」

「うん。たぶん」

佳月がうなずくと、大伴は当然のように「車を出します」と踵《きびす》を返す。やはりこの人も、なにを考えているのか読めない。

他《ほか》に帰るところのない佳月は、戸惑いを拭《ぬぐ》えないまま大伴の背を追った。

□□□

左手首にある満月形の痣《あざ》は、淡《あわ》い色になっている。

この痣が完全に消えれば、同時に佳月は『かぐや』ではなくなるけれど、今のところそのせいで目に見えて変化したことはなかった。

これまでと同じく高層マンションの最上階に住み、大伴が食事の世話や大学の送迎《そうげい》を買って出る。

もう保護される必要などないと思うのに、大伴は不満そうな態度を微塵も見せなかった。なにを考えているのか、やはり佳月には窺《うかが》わせない。

あの、藤原の危機を救おうと鉱山へと出向いた日から五日が経つけれど、佳月は事後の経過をなに一つ知らなかった。

大伴は藤原がどうなったのか教えてくれないし、連絡すれば迷惑《めいわく》かも知れないと……スマートフォンを操作しかけては、手を止める毎日だ。

藤原が在籍《ざいせき》する研究機関を知ったところで、外部の人間が個人的にコンタクトを取ることは不可能だった。

こうなれば、あの駅のホームで藤原が通りかかるのを待ち構えてしまおうか。偶然《ぐうぜん》を装《よそお》って藤原の前に立ち……なにを言えばいい？

佳月は迷うばかりで、結局、行動に移せそうにない。

朝食後、リビングで新聞を読んでいるところにエントランスのセキュリティと直結しているインターホンが鳴り、大伴が顔を上げた。

「……客人ですね。予定はなかったはずですが」

モニターを確認するため、佳月に背を向ける。

ここを訪ねてくる人物など、竹居家の関係者くらいだろう……と気にせずにいると、数分後に玄関扉《げんかんとびら》が開閉する音が聞こえてきた。

ソファに座ったままの姿勢で、振り向こうともせずにいる佳月の背に、低い声がかけられる。

「出迎《でむか》えは仏頂面《ぶっちょうづら》の大伴氏で、佳月は背中しか見せてくれない……って、メチャクチャつまらないんだが」

「え……」

この声……軽い語り口は、藤原か？

驚《おどろ》いて振り返った佳月の目に映ったのは、苦虫を噛《か》み潰《つぶ》したような表情の大伴の隣《となり》に立つ、藤原の姿だった。

「なんで……？」

藤原のことを考えるあまり、ついに幻覚《げんかく》が見えるようになってしまったのか？

呆然《ぼうぜん》とつぶやいた佳月に、藤原は眉《まゆ》を顰《ひそ》めて言い返してきた。

「なんでって、理由がいるか？　可愛《かわい》い恋人《こいびと》に逢《あ》いに来た、ってだけじゃダメなのか」

「……恋……び」

絶句した佳月をよそに、藤原は相変わらず飄々《ひょうひょう》としている。大股《おおまた》で近づいてきて、遠慮《えんりょ》なく佳月の隣に腰《こし》を下ろした。

「逢いたかった、って言ってくれないのか？」

肩《かた》をぶつけられ、確かにここに存在していると確信できたところで、ドッと現実感が押し寄せてきた。

逢いたかった。当然だ。

ただ、即答《そくとう》できないのには、一応の理由がある。

「でも……だって、おれは……もう『かぐや』じゃないし」

「だから？　俺は、『かぐや』じゃなくて佳月の恋人のつもりだけど。おまえは、そうじゃないのか？」

「…………」

戸惑いのあまり視線を泳がせた佳月と、部屋の隅《すみ》に立っていた大伴の視線がチラリと絡《から》み…

…大伴は、無言で出て行った。

なにか言いたそうな顔をしていたけれど、見逃《みのが》してくれるらしい。それとも、『かぐや』ではない佳月が誰となにをしようが、どうでもいいのかもしれない。

「なぁ、佳月。俺はあきらめるのが嫌《きら》いだ。おまえが、かぐや姫《ひめ》みたいに月に帰るって言い出しても、絶対に手放さない。それでも、もし強引《ごういん》に月に連れ戻されたら……そうだな、宇宙船で迎《むか》えに行くか」

「なに、ワケわかんないこと言って……」

混乱の中にいる佳月は、しどろもどろに言い返した。

そっと頬《ほお》に触《ふ》れられて、ビクリと肩を震《ふる》わせる。

目の合った藤原は、いつものように茶化《ちゃか》した口調ではなく……真摯《しんし》な顔で口を開いた。

「言えよ。佳月が、俺をどう思っているか……重要なのは、それだけだ。俺は、おまえを好きだと言った。でも、おまえは俺のことをどう思っているか、ハッキリ聞かせてくれなかっただろう。おまえの口から聞くために、ここにいる」

自分が、藤原をどう思っているのか……言っていない？

記憶《きおく》を探《さぐ》れば、確かにそうだ。「藤原と同じかも」とは言ったような気がするが、ハッキリ「好き」と伝えていない。

「あ……」

喉《のど》の奥に声が引っかかるみたいになってしまい、一言発したきり言葉を飲み込む。

藤原は急《せ》かすことなく、佳月が続けるのを待っている。

改めて想《おも》いを告げるのが、こんなに恥《は》ずかしくてくすぐったい気分になるなんて、知らなかった。

誰《だれ》も、教えてくれなかった。

藤原だけが、佳月に色んな初めてを教えてくれた。

この人を救えたのであれば、自分は『かぐや』でよかったと感謝する。

仕切り直すつもりで顔を上げると、藤原と目を合わせる。今度こそと気合いを入れた佳月は、スッと息を吸い込んで、口を開いた。

「おれ、は……藤原さんのこと、好き……だよ。特別で、大切だ。だから、無理やりあんなところまで行って、どうしても助けたかった。『かぐや』の寿命《じゅみょう》と引き替《か》えで助けられたなら……本望《ほんもう》だ」

真っ直《す》ぐに視線を絡ませたまま、本心を告げる。

佳月の言葉に、藤原はこれまでになく優《やさ》しく笑い……両腕《りょううで》を伸《の》ばすと、佳月の身体《からだ》を抱《だ》き締《し》めた。

「おまえに観《み》てもらった、月に関するもの……月の石の成分に酷似《こくじ》した新鉱物ってやつだが、おかげで無事に今回必要な量を採掘《さいくつ》できた。今度、実物を見せてやるよ。暗闇《くらやみ》で割ると、ぼんやり発光して綺麗《きれい》なんだ」

「う……ん」

月に関するもの、か。

自分たちすべてに、『月』が関《かか》わっていたのは偶然だとは思えない。

運命という言葉が思い浮《う》かび、少女趣味《しゅみ》だろうかと自嘲《じちょう》して振《ふ》り払《はら》おうとしたところで、藤原が口を開いた。

「おまえが『かぐや』で、俺が月に関する鉱石を探して……プロジェクト名が、『かぐや計画』か。運命じみているよなぁ」

あまりのタイミングの良さに、耐《た》えきれずクスリと笑ってしまう。佳月を両腕の中に抱き込んでいる藤原に伝わってしまったのか、少し苦い声で続ける。

「不似合いに、乙女《おとめ》チックな発想か？　オッサンのクセに……って思っただろ」

「違《ちが》う。そうじゃなくて……おれも、同じこと考えたから。藤原さんを、オッサンだなんて思わない」

広い背中を抱いて、「本当だよ」と言葉を重ねる。

藤原は「そっかぁ？」と半信半疑のようだったけれど、佳月の背中をポンと軽く叩《たた》いた手は優しかった。

《十》

マンションのエントランスを出ると、既《すで》に藤原の車が停《と》まっていた。黒のハリアーは、以前乗ったことがあるからわかる。

佳月の姿に気づいて窓越《まどご》しに手を振ってきた藤原に軽く頭を下げると、車の中から助手席のドアを開けられた。

「こんにちは」

一番になにを言えばいいのか迷い、無難に挨拶《あいさつ》をする。藤原はクスリと笑い、「乗れ」と手招きをして同じ言葉を返してきた。

「はい、コンニチハ。相変わらず、お行儀《ぎょうぎ》がいいなぁ」

「……口汚《くちぎたな》く罵《ののし》られたほうが好きなのでしたら、そうしますが」

からかわれたのかと、ムッとして言い返す。わざとトゲトゲした態度を取る佳月に、藤原は笑《え》みを深くした。

「それはそれで、ギャップ萌《も》えってやつか。……素《す》でいろ。それが一番いい」

変に緊張《きんちょう》している佳月をよそに、藤原はこれまでと変わらない軽い調子でそう言いながら助手席に乗り込んだ佳月の頭に軽く手を置いた。

「出すぞ。シートベルト」

短くそれだけ口にすると、車を発進させる。

無言でシートベルトを引き出して装着した佳月は、なんとも形容しがたいくすぐったさを持て余して、胸元《むなもと》を斜《なな》めに横切るベルトを握《にぎ》り締めた。

急な『かぐや』の代替《だいが》わりで慌《あわ》ただしかった竹居本家は、ようやく落ち着きを取り戻《もど》しつつある。

後継《こうけい》の『かぐや』の印は、遠縁《とおえん》の十七歳の少女に現れたことがわかった。先代を含《ふく》めた場で、一応現役《げんえき》の『かぐや』として顔を合わせたのだが……彼女は覚悟《かくご》を決めたように凜《りん》としていて、継承《けいしょう》はさほど困難ではなさそうだった。

現当主が、所謂《いわゆる》愛人に産ませた佳月のようなイレギュラーな存在ではなく、もともと竹居の血筋であったことも大きいだろう。

高校を卒業するまでは親元から竹居本家に通い、『かぐや』としての知識や心得を学ぶことで話し合いが落ち着いたらしい。

幸いにも先代が健在なことで、教える側としての佳月の役目は多くなさそうだ。満月形の痣《あざ》はずいぶんと薄《うす》くなっているが、あと、二、三回は『観る』ことができそうで……『かぐや』が不在の期間は、さほど長くならなくて済みそうだとホッとした。

「俺と出かけることで、大伴さんに文句を言われなかったか？」

「……特になにも。ああ……あなたはまだ完全に『かぐや』としての任を解かれたわけではありませんので、それをお忘れなく……とだけ」

大伴の口調を真似《まね》したつもりだが、あの冷淡《れいたん》な声を出すのは難しい。それでも、藤原には明確に伝わったらしい。

「あー……想像がつくな。今夜おまえを帰さなくても、日本刀を手にして乗り込んで来たりしないか」

「さぁ……たぶん」

日本刀を手に……とは物騒《ぶっそう》な言葉だが、少し前の大伴ならやりかねない。だから、佳月は真顔で答えたのだが。

数秒経《た》って、

「帰さない？」

ようやく、藤原の言葉に引っかかりを覚えて聞き返す。

ハンドルを握り、フロントガラスの向こうを見詰《みつ》めている藤原の横顔にチラリと視線を向けると、ほんの少し唇《くちびる》の端《はし》を吊《つ》り上げて佳月に答えた。

「聞き流されたかと思ったぞ。……異論があるなら、聞くだけは聞いてやる」

「……なにそれ。聞いても、聞き入れない……みたいな」

「もちろん。俺は、最初からそのつもりで誘《さそ》ったからな。恋人《こいびと》を自宅に泊《と》めるのに、遠慮《えんりょ》する理由はないだろ」

「偉《えら》そうに……おれが断るとか、考えてないのか？」

「断らせねぇよ」

恥じらいもなく堂々と言い切った藤原に「用が済んだら帰る」と言い返したけれど、それ以上どう言えばいいのかわからなくて顔を背《そむ》ける。

口では帰ると言いつつ、きっと佳月は、藤原に抱き寄せられたら振り払えない。

そのことは藤原自身もわかっていると思うが、わざわざここで口にして佳月を追い詰《つ》めようとはしなかった。

窓ガラスの外に視線を向けて、唇を噛《か》んだ。

顔が熱い。きっと、頬《ほお》が紅潮している。平然としている藤原に、こうして動揺《どうよう》している姿を見られたくない。

藤原は、恋人を……と、躊躇《ためら》いもなく口にした。佳月はまだ、自分たちがそんな関係だなどと少しも実感が湧《わ》かないのだが……。

不慣れな佳月とは違って、藤原はなにもかも慣れたふうで、言動すべてに余裕《よゆう》があって……悔《くや》しい。

唇を引き結んだ佳月は、こうして変なところで意地を張ること自体が子供なのだろうな、と自嘲に唇を噛んで車窓を睨《にら》み続けた。

事前に軽く聞かされていたけれど、白い箱のような無機質な印象の建物は予想より大規模な施設《しせつ》だった。

「ここ？」

「ああ。知り合いの学生ってことで、見学の許可は取ってる。結果が観《み》えなかった俺の代わりに、プロジェクトチームの別のやつが行っただろ？　そいつらもいると思うが、おまえが『かぐや』だっていうのは当然明かしていないから知らん顔をしていろ。まぁ、俺みたいに御簾《みす》をくぐったりしていないだろうし、今の佳月を見て『かぐや』とは気づかないだろうな」

佳月にそう言いながら、厳重なセキュリティゲートを抜《ぬ》けた先……白線で区切られている駐《ちゅう》車《しゃ》スペースに車を停車させる。

本当に部外者が押しかけても大丈夫《だいじょうぶ》なのかと戸惑《とまど》う佳月を促《うなが》して車を降りると、関係者用の出入り口で物々しいセキュリティを解除して、慣れた様子で建物内に入る。

ずらりとドアが並ぶ長い廊下《ろうか》も清潔感のある白で、研究機関というよりも病院を連想する。

静かな廊下の角を曲がったところで、白衣姿の男が前から歩いて来るのに気がついた。

「あれ、藤原さん？　今日と明日はお休みじゃなかったんですか？　所長が、頼《たの》むから死ぬ前に休みを取ってくれって半泣きで訴《うった》えたとか聞きましたけど」

藤原にそう声をかけた彼は、佳月には冗談《じょうだん》を言っているように聞こえたが……真顔だ。

藤原は苦笑《くしょう》して答えた。

「さすがに泣かれてはないけどな。社会科見学の引率《いんそつ》だ」

「ああ……学生さん。藤原さんが案内役って、珍《めずら》しいですね。中学生や高校生の見学案内は、のらりくらりと逃《に》げるのに」

「違うぞ。あれは、怖《こわ》い顔で無駄《むだ》に威圧《いあつ》して子供をビビらせるな……って言われたから、適任者に任せてるだけだ」

職場の関係者とのやり取りというより、友人同士のような会話だ。佳月にはこんなふうに話せる友人がいないので、不思議な感じだった。

無言の佳月が所在なさそうに見えたのか、白衣姿の男性が「ごめん」と謝ってくる。

「引き止めて申し訳ない。この人、見た目は怖いし口も悪いけど、研究者としては有能だからしっかり案内してもらって。そうだ、藤原さん。半月前、坑道《こうどう》で行方《ゆくえ》不明になりかけた時の報告書が上がってないって部長が文句を言ってましたよ。責任者が現場に突《つ》っ込んでいくな……って怒《おこ》られたでしょ」

「俺が現場に突っ込むのは、責任者だから……だろ。なんで俺が高みの見物をして、下のやつを動かすんだよ。つまらん。大丈夫だと思ったんだよ」

「そう言って、反省文を書かされるの何回目です？　野性の勘《かん》に頼《たよ》るのも、いい加減にしてくださいよ。せっかくの腕《うで》と頭脳がもったいない」

大袈裟《おおげさ》にため息をついてみせた彼に、藤原は「ハイハイ」と適当な仕草で右手を振《ふ》った。その手で佳月の肩《かた》を抱《だ》き寄せて、

「もういいか？　カワイ子ちゃんが待ちくたびれてるだろ」

などと、ふざけた台詞《せりふ》を吐《は》く。

焦《あせ》ったのは佳月だけで、彼はどうやら藤原のこの手の軽口には慣れっこらしい。

「あ、ごめんね。じゃ、また明後日《あさって》に。研究室のスタッフのためにも、明日はゆっくり休んでくださいよ」

「そうする」

小言に左手を振って、止めていた歩みを再開させる。右手は佳月の肩を抱いたままで……さりげなく身体《からだ》を逃がし、隣《となり》を見上げた。

「……変に思われたんじゃないですか？」

「いや、アレは全っ然気にしてないだろ」

「藤原さんの日頃《ひごろ》の行いというものが、よくわかる会話でしたね」

あれほど大きなプロジェクトの責任者を務めるくらいだから、有能だろうという想像はついていた。

そのわりに、なんとも気さくというか……軽い感じはするけれど。

「そっか？　日頃の行いがいいから、難攻不落《なんこうふらく》の『かぐや』を独り占《じ》めできたのか。すげぇな、俺」

佳月は嫌《いや》みのつもりだったのに、違《ちが》う意味にすり替《か》えられてしまった。能天気……よく言えば、超《ちょう》がつくポジティブな思考に呆《あき》れた佳月はなにも言えなくなり、小さく嘆息《たんそく》して藤原の後を追った。

廊下の行き止まりにあるドアの前で立ち止まった藤原は、セキュリティシステムらしき機械にカードを通してモニターを覗《のぞ》き込む。生体認証《にんしょう》というやつなのか、ピッと小さな電子音が響《ひび》いてロックの解除を知らせた。

「関係者以外、立ち入り禁止……って書いてあるんだけど」

厳重なセキュリティといい、自分が立ち入ってはいけない場所ではないだろうか。振り向いた藤原は、躊躇う佳月の手を引いて小部屋に入ってしまう。扉《とびら》が閉まると同時に、ロックのかかる音が響いた。

広さは、四畳半《よじょうはん》ほど。出入り口の扉以外には窓もない、無機質な小部屋だ。壁際《かべぎわ》に置かれたロッカーくらいの大きさがある金属の箱は、よく見ると多重にロックがかかる金庫のようだ。

それ以外には、パソコンと透明《とうめい》なケースが置かれたデスクが一つ……それしかない。

「関係者だろ。在り処《か》を、『かぐや』が見つけたんだ。心配しなくても、本当にヤバいものは地下にある」

珍しく藤原が曖昧《あいまい》な言い方をした、『ヤバいもの』の正体はなんだ？

少しだけ気になったけれど、藤原に手を引かれるままデスクの前に立つと、意識が目の前の物に集中する。

上だけが開いた、三十センチ四方の透明なケースの中には、握《にぎ》り拳《こぶし》大の灰色の鉱石が置かれていた。

無造作にその石を持った藤原は、右手で小型のハンマーを握る。

「見せてやる、って約束しただろ。まずは、電気を消して……」

振り返った藤原が、壁《かべ》にある照明スイッチをオフにする。外からの光が入らないので、室内は真っ暗だ。

「すぐに消えるからしっかり見てろよ。こいつを、ハンマーで叩《たた》く……と」

そんな声が聞こえた直後、カン！　と予想より硬《かた》そうな金属音に近いものが耳に入った。

「あ……」

鉱石の一部が欠けたらしく、仄《ほの》かな青白い光が目の前でチラチラ揺《ゆ》れてすぐに消える。

その光は、佳月が藤原の同僚《どうりょう》らしき依頼《いらい》者の『観月』の最中に目にして、月の欠片《かけら》と譬《たと》えた光そのものだった。

「綺麗《きれい》だろ。おまえに見せたかった」

「うん」

パッと目の前が明るくなり、藤原の左手に載《の》せられた灰色の石を見下ろす。

こうして見れば、どこにでもありそうな普通《ふつう》の石だ。でもさっきは、確かに青白い光を放っていた。

「ちょっと欠けてるけど……大丈夫？」

「はは……後で怒られるかもな。よし、じゃあ……他《ほか》のヤツに見られる前に逃げよう」

「はっ？　ちょ……っと、冗談でしょう？」

「いや、わりとマジで」

鉱石をケースに戻《もど》した藤原は、戸惑う佳月の手を摑《つか》んで小部屋を出る。笑っているので、どこまで本気なのか佳月には読めない。

速足で来た通路を戻り、建物を出て……佳月を振り向いた時も、やはり飄々《ひょうひょう》とした笑《え》みを浮《う》かべていた。

「心配しなくても、うっかり落とした……とか言い訳をして誤魔化《ごまか》しておく」

「うっかり……って」

冗談ではなくマズいことをしたのではないかと不安になったが、きっと佳月が問い質《ただ》そうとしてものらりくらりと誤魔化して、本当のことは教えてくれない。そう予想がつく程度には、藤原のことを理解しているつもりだ。

綺麗だろ、おまえに見せたかったと笑った藤原が、子供みたいに嬉《うれ》しそうだったから、野暮《やぼ》な追及《ついきゅう》はやめようと言葉を飲み込む。

どうせ、怒られるのはこの男だし、自身の言葉通りに適当に誤魔化してしまうのだろう。

「この後は、どっかで晩飯を食って、俺の家……でいいんだよな?」

駐車場に向かって歩きながらジャケットのポケットから車のキーを取り出して、そう尋《たず》ねてきた。

強引《ごういん》に連れて行く……みたいなことを言っていたくせに、佳月に選ばせようとしている。

夕刻が近づいた空は淡《あわ》いラベンダー色に染まっていて、ぼんやりとした半月が東の低い位置に見えた。

「外食は落ち着かないから、あんまり好きじゃない」

佳月が否定したのは、外食の部分のみだ。遠回しな答えだったけれど、藤原はきちんと受け取ってくれたらしい。

「じゃ、なんか買って行くか。うちにはインスタントラーメンか素麵《そうめん》くらいしかない。炊飯器《すいはんき》がないから米も炊《た》けん」

「インスタントラーメンでいい」

「……佳月にインスタントラーメンを食わせるのはなぁ」

本気で憂慮《ゆうりょ》しているらしい藤原に、思わずクスリと笑ってしまった。

自分は、インスタントラーメンも食べたことがないと思われているのか。確かに、居酒屋に入ったことがないとは言ったし、いろんな面で『昨今の若者離《ばな》れしている』という自覚はあるけれど……。

「嫌《きら》いじゃない。十三で竹居の家に行くまでは、週に三回は食卓《しょくたく》に並んだ。休日の昼食の定番だったから……おれが作って、妹や弟に食べさせたりもしたし」

竹居家に引き取られる前、十三歳の夏までは、一般《いっぱん》家庭で育ったのだ。いや、経済状態だけを考えれば、少し乏《とぼ》しい環境《かんきょう》だったと言ってもいい。

佳月の言葉に藤原が意外そうな顔をしたのは一瞬《いっしゅん》で、すぐにいつもの飄々とした笑みを滲《にじ》ませる。

「佳月の手料理か。いいな、それ。じゃ、コンビニで飲み物だけ買ってくか。本当にラーメンしかないから、具がいるならそいつも一緒《いっしょ》に買えばいい」

「インスタントラーメンって、手料理にカウントしていいもの？」

「立派な料理だろ」

「……藤原さんがそれでいいなら、いいけど」

嬉しそうな藤原の顔を見ているのが気恥《きは》ずかしくて、うつむいて顔を隠《かく》すと速足でハリアーの助手席側に回り込んだ。

□□□

「メチャクチャ美味《うま》かった。佳月の愛を感じたぞ。あんな豪華《ごうか》なインスタントラーメン……いや、ラーメン様は初めてだった」

ソファ代わりの大きなクッションに座った藤原に手放しでそう褒《ほ》められて、嬉しさよりも恥《は》ずかしさが勝《まさ》る。

「大袈裟《おおげさ》だと思うけど」

隣《となり》にある同じクッションに腰《こし》を下ろしている佳月は、手持ち無沙汰《ぶさた》を誤魔化そうと、近くのテーブルに置いたペットボトルのお茶に手を伸《の》ばした。

キャップを開けながら、ポツポツと言い返した。

「もやしもキャベツもレンジでチンだし、買ってきた煮卵《にたまご》や焼《や》き豚《ぶた》を載せて、インスタントのスープにラー油を足しただけで、アレンジしたっていうほどじゃない。ラーメン様なんて呼ばれたら、逆に肩身《かたみ》が狭《せま》い」

あれを豪華だなどと言われてしまうと、申し訳ないような気分にさえなる。

天地が引っくり返ってもその機会はなさそうだが、藤原の前に大伴の手料理を並べたら、プロの料理人並みの出来栄《できば》えと味に絶句しそうだ。

「俺が作ったら、麵《めん》とスープ……たまに卵が足されて、以上だ。時々、付属のかやくも入れ忘れる。で、鍋《なべ》から直で食う」

「はあ……なるほど」

それはひどい。道理で、この家には小さな片手鍋が一つしかないはずだ。ラーメンを入れられるような食器もなくて、仕方なく鍋のまま小さなテーブルに置き、そこからそれぞれマグカップに取り分けた。

唯一《ゆいいつ》の幸いは、コンビニエンスストアで「箸《はし》がない」と思い出してくれたおかげで、割り箸を購入《こうにゅう》してきたことだ。

佳月は露骨《ろこつ》に呆《あき》れた顔をしていたのか、藤原は言い訳じみたことを続ける。

「俺の周りのやつは、みんな似たようなもんだぞ。家で自炊《じすい》する時間があれば、寝《ね》るほうを優先する。職場には社食や売店があるし、コンビニと牛丼屋《ぎゅうどん》と立ち食い蕎麦《そば》屋があれば、たいていどうにかなるんだ。……俺なんて、レンジと冷蔵庫だけじゃなくて湯沸《ゆわ》かしポットまで持ってるだけ、まだマシなんだからな」

こうして懸命《けんめい》に言い訳を並べる藤原は珍《めずら》しくて、ギリギリまで耐《た》えていた佳月は、ついに我慢《がまん》を手放した。

「っ……くっ、くっ……おれは、悪いとは言ってないのに。意外にも片付いた部屋だな、と思ったけどその理由もわかった」

案内された藤原の住まいは、単身者が生活するには充分《じゅうぶん》な広さの2DKの間取りだ。藤原は大雑把《おおざっぱ》なイメージがあるので、失礼ながら室内があまりにも整然としていることに驚《おどろ》いたのだが、物を散らかすほどここにいる時間が長くないのが実態だろう。一日どころか、年の大半を職場か採石現場で過ごしているに違《ちが》いない。

研究所で同僚らしき人と話していた、過労死云々《うんぬん》という話も冗談《じょうだん》ではなさそうで、働き過ぎではないだろうかと藤原の身体《からだ》が心配になる。

「なにもない部屋におれを招待して、どうするつもりだった？」

いつもは、佳月がからかわれる一方なのだ。絶好の仕返しの機会だとばかりに、気まずそうな顔の藤原に尋ねる。

チラリとだけ佳月と目を合わせた藤原は、つけ込まれる隙《すき》を見せたことが悔《くや》しいのか、少し不貞腐《ふてくさ》れた調子で返してきた。

「……なにもないわけじゃねーよ。ベッドがあれば、充分だ」

「そんな言い方」

ベッドがあればいい？

まるで、そうすることだけが目的のような言い回しに、ギュッと眉間《みけん》に皺《しわ》を刻む。

自分でもマズい発言だと思ったのか、藤原は即座《そくざ》に謝罪を口にした。

「今のは俺が悪かった。カラダ目当てってわけじゃなくて、余計なものなんかいらねーだろ。あの『かぐや』の部屋も、似たような状態だったしなぁ。俺以外の、女や……男とも、あそこで手ぇ繋《つな》いで寝たんだよな？」

なんとなく、人聞きの悪い表現だ。まるで、男女不問で手当たり次第《しだい》に寝所《しんじょ》へ誘《さそ》い込んでいたみたいではないか。

佳月は、硬《かた》い表情のまま言い返した。

「かぐやが『観《み》る』のに、必要な手段を取っただけです。何人かに、話しかけられたことはあるけど、簾《すだれ》をくぐって侵入《しんにゅう》してきたのは藤原さんだけだ。あんな、大胆《だいたん》な……今でも信じらんない……」

「そりゃ、『かぐや』っていうものに対する興味……だったはずなんだけど、一目で心を持っていかれた。昔話の『かぐや姫《ひめ》』が、人心を惑《まど》わす美貌《びぼう》と魅力《みりょく》を持っていた……って説が、眉唾物《まゆつばもの》じゃないなって納得《なっとく》した」

言葉の終わりと同時にスルリと頬《ほお》を撫《な》でられて、肩を強張《こわば》らせる。

主導権を完全に取り戻《もど》せたことがわかったのか、余裕《よゆう》の滲む微笑《びしょう》を浮《う》かべていた。こうなれば、あとはもう藤原のペースだ。

「帰らなくていいんだよな？　大伴さんに、連絡《れんらく》しようか？　俺の家に泊《と》めていいですか……って」

なにを考えてそんな発言をしたのか……チラリと藤原の顔を見遣《みや》る。目が合った佳月に、ニヤリと人の悪い笑《え》みを見せた。

これは……大伴をからかうつもりだなと、確信する。わかっていたけれど、やはり藤原は怖《こわ》いもの知らずだ。

「わざわざ、神経を逆撫《さかな》でしなくていいと思うけど。今度顔を合わせた時、十倍くらいで仕返しされるよ」

「うーん……なにされるかなぁ。お互《たが》い様だろうけど、俺も、あの人の存在が面白《おもしろ》くない。佳月の傍《そば》に当たり前みたいにいて、なにもかも理解しています……って顔でさ。佳月が『かぐや』じゃなくなっても、転職するってわけじゃないんだろ？」

佳月が、『かぐや』じゃなくなったら。大伴も含《ふく》めて、竹居本家で当主たちと話し合いをした時のことを思い出す。

「おれは、次代の『かぐや』に付くとか……大伴に適した役目があると思ったんだけど、本人が、できればこれまでと変わらずおれのサポートをしたいって言ったから。本家の仕事がもっと増えるはずだけど、まぁ……護衛っていうより監視《かんし》だよな。おれは、『かぐや』について知りすぎてる」

今は辛《かろ》うじて残っているこの痣《あざ》が消えてしまったら、佳月の『かぐや』としての能力は完全になくなる。

それでも、これまでと変わらない母親たちへの支援《しえん》と、佳月が大学卒業までの衣食住を含むサポートが約束された。

大学卒業後は、佳月が望むならそのまま大学で民俗学《みんぞく》の研究を続けて、同時に数百年前から遺《のこ》されている竹居家についての歴史を調査研究し、今後のために集約するという役割を与《あた》えられた。

いろんな意味で竹居家との繋がりがなくなるわけではないし、竹居家にも利があり、佳月にとっても悪い待遇《たいぐう》ではない。

自分は『かぐや』でなければ存在意義がないと思っていた佳月にとって、予想とはかけ離《はな》れた状況《じょうきょう》に戸惑《とまど》い……少しだけホッとした。

近いうちに、長く顔を合わせていない母親や弟妹にも逢《あ》う予定だ。竹居家でどんなふうに生活してきたか、話せないことはたくさんあるけれど、直接逢ってみんなの元気な姿を確認《かくにん》できるだけでいい。

「あの人のおまえに対する忠誠心って、ちょっとどころじゃなく怖いよな」

「おれっていうより、『かぐや』に心酔《しんすい》しているから……って思ってたけど」

それも、少し違うのかもしれない。

佳月が『かぐや』ではなくなっても、と自ら申し出たのは予想外だった。しかも、相変わらずなにを考えているのか読めない淡々《たんたん》とした態度で。

見返りを求められるわけでもなく……佳月の世話をすることで、大伴自身のプラスになることなどあるのだろうか？

不可解な顔で首を捻《ひね》っていると、藤原が低くつぶやいた。

「俺は、だいたいわかった。あの人、おっかない顔で……ドSっぽい雰囲気《ふんいき》だけど、逆だ」

「逆？」

「奴隷《どれい》志願のドMだろ。踏《ふ》んでやったら、喜ぶかもよ？」

「……まさか」

藤原らしいふざけた調子でそう言われて、脱力《だつりょく》してしまった。佳月は本気で悩《なや》んでいたのに、真面目《まじめ》に考えることが馬鹿《ばか》らしくなる。

「大伴は」

「ストップ。言い出したのは俺だが……大伴さんの話は、もういいだろ。これからは、俺のことだけ考えろ」

佳月の唇《くちびる》に指を押しつけて言葉を遮《さえぎ》り、顔を覗《のぞ》き込むようにして目を合わせてくる。

俺のことだけ考えろという傲慢《ごうまん》な言葉に、反発して顔を背《そむ》けようとしたのに、動きを読んでいたかのように両手で頭を摑《つか》まれてしまう。

「逃《に》げるなよ。おまえが、家や『かぐや』に関することでいっぱいになってて、迷って……余裕がないのもわかってたから、俺のことしか考えなくていい状況になるのを待ったつもりだ。今は、他《ほか》に考えなきゃならんことなんかないだろ？」

「あ……うん」

改めてそんなふうに言われたことで、佳月はようやく藤原の気遣《きづか》いを悟《さと》った。とてつもなく鈍感《どんかん》な上に、自分のことしか考えていなかったのだと恥《は》じる。

強引《ごういん》で自分勝手で、大人げない……などと思うこともあったけれど、やはり藤原は自分よりずっと大人なのだ。

真っ直《す》ぐに視線を絡《から》ませた佳月に、からかうものではなく、意地の悪いものでもない……優《やさ》しい笑みを向けてくる。

「再確認だ。帰らなくて、いいんだよな？」

「うん。おれが、藤原さんと一緒《いっしょ》にいたい」

迷わずうなずくと、両腕《りょううで》の中に抱き締《だ》《し》められる。

誰《だれ》も、こんなふうに佳月に触《ふ》れなかった。物怖《ものお》じせず、『かぐや』にも佳月にも触れてきたのは、藤原だけだ。

「ベッド、隣《となり》の部屋なんだ」

「……ん」

耳のすぐ近くで聞こえた声に、カッと首から上が熱くなる。

それでも逃げたいとは思わなくて、小さくうなずいた佳月は、藤原の背中に抱きつく手にギュッと力を込めた。

ベッドサイドにある読書灯だけが灯《とも》る中、佳月の着ているシャツのボタンを外していた藤原が、ふと手を止めた。

なにかと思えば、

「普通《ふつう》の服、脱《ぬ》がせるの……初めてだな」

そう言って、クスリと笑う。

確かに、そうだ。藤原と同衾《どうきん》する時、いつも佳月は『かぐや』で、純白の和装だった。あの時は中性的な雰囲気を纏《まと》っていたはずだが、今はどこからどう見ても男だろう。

そんな今更《いまさら》なことを再認識した途端《とたん》、カーッと身体中が熱くなった。これまでにない恥ずかしさが込み上げてきて、うろうろと視線を泳がせる。

藤原の目から身体《からだ》を隠《かく》そうと背後に身を捻りかけたけれど、許してくれなかった。

「おい？　なに逃げて……」

「は、恥ずかしいんだって。おれ、『かぐや』じゃないと、普通の男だし……綺麗《きれい》じゃない。藤原さんも、そう思うだろ。『かぐや』は綺麗だけど、って」

「ああ？　なんだそれ。俺は、佳月が好きだって言ったよな？　きっかけは『かぐや』かもしれないが、綺麗なだけの『姫』なら観賞用で充分《じゅうぶん》だ。生身のおまえとしゃべって、色んな顔を知って……お人形みたいに綺麗なだけじゃなく、意地っ張りだったり生意気だったり……変にスレてなくて、素直《すなお》で。なにもかも踏まえた上で、惚《ほ》れたと自覚したんだよ。だから、こっち見ろって」

「ッ……！」

逃げるな、と。強引に顔を正面に向かされて、藤原と視線を絡ませる。

藤原はこれまでになく真剣《しんけん》な表情で、佳月を睨《にら》むように見ている。射貫《いぬ》くような眼差《まなざ》しに、心臓がトクンと大きく脈打った。

「おまえは？　強引に簾《すだれ》を捲《まく》ったのが、俺じゃなかったら？　それでも、ああして受け入れたのか？」

「違《ちが》うっ。藤原さんじゃなかったら、大伴に通報してた。藤原さんを見た瞬間《しゅんかん》、動けなくなった……」

あの瞬間の鮮烈《せんれつ》な印象を、今でもハッキリ思い出すことができる。

確かに、初めての暴挙とも言える行動に驚《おどろ》いたけれど、あれが藤原でなければ非常用ボタンを押していた。

「おまえが『かぐや』でなかったら……とかの、タラレバは議論しても無意味だ。一つ意味があるなら……そうでなければ、逢えなかった。それじゃ、ダメか？」

真摯《しんし》な瞳《ひとみ》が、ジッと佳月を見下ろしている。

目を逸《そ》らすことなく、深い想《おも》いを伝えていて……佳月は、握《にぎ》り続けていた変な拘《こだわ》りから手を放した。

誰より『かぐや』に囚《とら》われていたのは、自分なのかもしれない。

「ごめん。『かぐや』コンプレックスかな。おれ……も、ただの藤原さんが好きだ。知らなかった色んなことを、教えてくれた」

狭《せま》い世界に閉じ籠《こ》もるようにして生きていた佳月を、連れ出して……誰かを想う苦しさも、藤原が教えてくれた。

あんなふうに大伴に縋《すが》り、誰かのために山の中まで行こうなんて、少し前の佳月なら考えもしなかった。

「もっと悪いことも、教えるつもりだけど？　この前みたいに、寸止めしないからな。なにをどうされるか、わかってるか？」

「わかんないから……教えてよ。藤原さんからしか、知りたくない」

藤原の言う『寸止め』の先を、知ろうとすれば、知る術《すべ》がなかったわけではない。でも、藤原が教えてくれたらそれでいい。

両手を伸《の》ばして藤原の首に巻きつかせると、頭上からため息が落ちてくる。

「くそ、おまえ可愛《かわい》すぎるだろ。どうすんだよ、俺」

途方《とほう》に暮れたみたいな一言が、なんとなく可愛くて……クスクス笑ってしまう。

この部屋に入ってベッドを目にした時は、息も詰《つ》まりそうなくらい切羽《せっぱ》詰まった気分になっていたのに、こうして笑える自分が不思議だ。

「余裕《よゆう》だな、佳月。遠慮《えんりょ》して損した」

「ッ……余裕、じゃない……けど」

そう言いながら、中途半端《ちゅうとはんぱ》に脱がされていたシャツを背中側から捲り上げられて袖《そで》を抜かれる。

硬《かた》いデニムのフロントボタンも手際《てぎわ》よく外し、ベッドに転がされるのと同時に足から引き抜かれた。

身を捩《よじ》る間もなく、下着と、靴下《くつした》まで……。

あっという間に、スルスルと身に着けていたものを剝《は》ぎ取られてしまい、あまりの手早さに啞然《あぜん》として藤原を見上げた。

「手慣れてる」

「……悪い」

佳月は責めていないのにボソッと謝って、自分が着ていたシャツをベッドの下に落とした。

いつも余裕綽々《よゆうしゃくしゃく》としか言いようのない藤原が、淡《あわ》い光の中、どこか切羽詰まった表情で見下ろしてくる。

それが嬉《うれ》しくて、そろりと手を上げて厚みのある肩《かた》に置いた。元の骨格も頑健《がんけん》なのだろうけど、張り詰めた筋肉の存在を感じる。

「特別に鍛《きた》えてる……わけじゃないよなぁ？」

偏見《へんけん》かもしれないが、研究員という言葉からイメージするのはもっと線の細い体つきだ。藤原は、正反対と言ってもいい。

「現場をうろうろしているせいだろ。変わった石が出たと聞けば、ジッとしていられん。上司には不評で、『野生児』なんて言われてるが」

苦笑《くしょう》した藤原は、佳月の顔の脇《わき》に手をついて顔を寄せてくる。もう無駄口《むだぐち》を叩《たた》くなと言わんばかりに唇を塞《ふさ》がれて、肩に置いた手をピクッと震《ふる》わせた。

「ン……」

唇の間からやんわりとした濡《ぬ》れたものが潜《もぐ》り込んできて、触れるだけの口づけが濃密《のうみつ》なものへと変わる。

舌、気持ちいい……。最初は驚いたけれど、藤原は佳月が怖《こわ》がらないようじわじわと濃度《のうど》を上げて行く。

おずおずと、不器用に応《こた》える佳月の舌を甘噛《あまが》みして、ゆるく吸いつき……ザワリと肌《はだ》が粟立《あわだ》った。

「っ、ふ……ぁ」

息苦しさを感じ始める前に口づけが解かれて、大きく息をついた。滲《にじ》んだ涙《なみだ》で視界が霞《かす》み、藤原の顔がぼんやりとしか見えない。

それでも、低い声はきちんと耳に入る。

「訂正《ていせい》する」

「な……に？」

「おまえ、『かぐや』じゃなくても……色っぽいよ。理性、飛びそうでヤバい。手加減できなくなりそうだ」

自嘲《じちょう》というか、苦い物を含《ふく》んだ声だ。ふっと息をついた佳月は、藤原の肩に置いた手に力を込めた。

「……い」

「うん？」

「いらない。理性とか……手加減とか。藤原さん、全部見せてよ」

気遣《きづか》いなど、嬉しくない。それよりも、思うますますべてをぶつけてくれたほうがいい。

なんとかそう伝えると、藤原は佳月の肩口に顔を伏《ふ》せて「くそ」と短く零《こぼ》した。そのまま鎖《さ》骨《こつ》に唇《くちびる》を押しつけられ、息を詰める。

「メチャクチャに煽《あお》りやがって。知らねーぞ」

「ん、どうやってもい……よ」

かすれた声で言い返すと、そろりと両手で藤原の頭を抱《だ》き寄せる。直後、痛いくらいの強さで肌に吸いつかれて、ビクッと身体を震わせた。

それでも藤原は顔を上げることなく、胸元《むなもと》から臍《へそ》にまで舌を這《は》わせる。

「や、くすぐった……」

臍の窪《くぼ》みを舐《な》められるなど未知の感覚で、ゾクゾクと背筋を這い上がるものが、本当にくすぐったいと表現できるものかどうかわからない。

「くすぐったい、か。じゃあ……こっちは？」

「ぁ、ヤ……ダ。ッ、ゃ……めっっ！」

力の入らない足を左右に割られて、腿《もも》の内側に唇を押しつけられる。

普通《ふつう》にしていたら日に当たることもないやわらかな肌は、そっと唇が触《ふ》れただけで鋭敏《えいびん》な感覚と捉《とら》えた。

「嫌《いや》か？」

「ち、違……ぅ。嫌じゃ、ない」

首を横に振《ふ》り、思わず零れ落ちた言葉を否定する。藤原は「じゃ、いいよな」と短く口にして口づけの場所を変えた。

「ア……ぁ、ゃ……そんなとこ、まで」

手で触れられたことはある。でも、そんなところに舌を這わされるなど予想もしていなくて、ビクビクと足を震わせた。

「言質《げんち》は取った。嫌じゃないんだろ？」

「ッ、ン……ぅ」

震える手を伸ばし、藤原の髪《かみ》に指を絡《から》ませても力が入らない。抑止《よくし》することができそうになくて、その手の行き先を自分の口元に変えた。

震える手で口を覆《おお》い、とんでもない声が漏《も》れそうになるのを押し留《とど》める。

「こら、声、聞かせろよ」

佳月が無言で首を横に振ると、「しゃーねぇな」と口にして止めていた動きを再開させた。

触れる舌も、含まれた口腔《こうこう》の粘膜《ねんまく》も、熱い……。どろどろに融《と》かされてしまいそうで、怖くなる。

もう嫌だと訴《うった》えたくても、口を覆っている手を外せば自分がどんな声を漏らすかわからなくて、身体《からだ》を強張《こわば》らせて初めて知る愉悦《ゆえつ》を必死で受け止める。

「可愛いな、佳月。足を押さえつけてるわけじゃないのに、蹴《け》って俺を止めようとはしないんだ？」

「ン……、ぅ」

そうできるなら、している。腰《こし》から下が痺《しび》れたみたいになっていて、思うように動かないのだ。

声を出せない佳月は、曖昧《あいまい》な仕草で頭を振るので精いっぱいだった。

「もっと、泣かせると思うけど……ごめんな」

「ごめ、っ……ぁ！」

口元にあった手を外して、謝るなと言い返そうとした途端《とたん》、これまでにない衝撃《しょうげき》に襲《おそ》われて目を見開く。

なに？　指……が……。

「力、抜《ぬ》いてろよ。痛い思いをさせたくない」

「っ、で……も、指……」

「今は指だけど、な。指でトロトロになるまで慣らしたら、コッチ入れる……ったら、怖いか？」

そう言いながら、腿の内側に硬い熱の塊《かたまり》を押しつけられ、ビクッと肩を強張らせた。

その感触《かんしょく》と言葉の意味するものがわからない、とは言えない。

なにより、自分に触れて藤原が昂《たかぶ》らせてくれているのだと知っただけで、更《さら》に身体の熱が上がった。

「怖く、ない。おれ、も……藤原さんが、欲しい……から」

これまで以上に、深いところで藤原を感じる？　それは、どんな感覚だろう。

前回、触れ合った時とは違う。『かぐや』としての責任感や義務でも、それが役目だからでもなく……佳月自身が望んでいるのだと、涙の膜《まく》が張った目で藤原を見上げて訴える。

「……どうしても我慢《がまん》できなかったら、言ってくれよ。引く自信はないけどな」

「うん……」

佳月がうなずくと、身体の内側に挿入《そうにゅう》されていた指がじわじわと抜き差しされる。

息を吐《は》き、その指は藤原のものだと自分に言い聞かせて、与《あた》えられるすべてを受け入れようとする。

余裕がないような言い方をしていた藤原だったけれど、佳月が「もういい」と涙声《なみだごえ》で訴えるまで、執拗《しつよう》に指で受け入れるための準備を施《ほどこ》した。

頭の芯《しん》が、ビリビリする。なにも考えられない。藤原のことで、いっぱいだ。

「も……いい、って。藤原さ……っ、指、イヤ……だっ」

「ん……大丈夫《だいじょうぶ》そうか。そのまま、力を抜いてろよ」

熱い手が膝《ひざ》を摑《つか》み、左右に割られる。力を抜いてろなどと言われなくても、身体のどこにも力が入らない。

ぼうっとして浅く息をついていると、ついさっきまで指で慣らされていた粘膜に熱塊《ねっかい》が押し当てられた。

「あ……ぁ、ッ!」

「息、吐け……って、佳月。ゆっくりする、から」

指とは比較《ひかく》にならない質量に慄《おのの》き、無意識に身体を緊張《きんちょう》させてしまう。藤原の大きな手が佳月の下腹を撫《な》でながら、じりじりと進んできて……止まった。

「も、全部……?」

「うん、もう少し……な」

閉じていた瞼《まぶた》を開くと、佳月を見下ろしている藤原と目が合う。

熱っぽく瞳《ひとみ》を潤《うる》ませ、息を乱した藤原を見るのは初めてで、ゾクッと奇妙《きみょう》なものが背筋を這い上がった。

「ッ、バカ……締《し》めつけんな」

「知らな……、勝手に……っ、ぁ! や……まだ、奥……っっ」

これまでより更に深いところまで熱が侵入《しんにゅう》してきて、止めようとしているのか縋《すが》りつこうとしているのか自分でもわからないまま手を伸《の》ばす。

グッと左手を摑まれて、手首の内側に藤原の唇が押しつけられた。

「もう、ほとんど消えてる……な」

「ん、ぁ……ヤダ、そこ舐め……っ」

藤原に触れられているあいだ、ずっと痣《あざ》が疼《うず》いていたのだ。

唇を押しつけられ、舌を這わせて……吸いつかれた途端、疼きの正体がなんだったのか思い知らされる。

「なんだ、ここ……感じる？」

「知らな……、わかんない……っけど」

わからないと答えながら、身体の内側にある藤原の熱に粘膜が絡みつくのがわかる。

藤原がそこを舐めたり吸ったりする動きと連動しているみたいで、当然藤原にも伝わっているはずだ。

もう佳月に尋《たず》ねることなく、同じ場所を舐め続けた。

「ゃ、や……ぁ、い……ッ」

「いく？　いいぞ。ほら……ここも」

身体を深く重ねたまま、左手首の内側に歯を立てられる。佳月はもう声も出せず、身体の奥深くから込み上げてきた熱の渦《うず》に巻き込まれた。

息を詰《つ》め、身体を震《ふる》わせたのとほぼ同時に、痛いくらいの力で藤原に抱き締められる。

「っ、すげ……佳月。吸いついてくる」

「も、だ……め」

自分がどこにいるのか、わからない。閉じた瞼の裏が真っ白で、全身がふわふわ浮《う》いているみたいで……夢中で腕《うで》を伸ばして、熱い背中に抱《だ》きついた。

「泣きながら、俺にしがみつくんだな」

ポツリとつぶやきながら、髪を撫でた手が優《やさ》しくて……心地《ここち》よくて。

身体の内側にあった熱が抜け出ると同時に、コトンと意識が闇《やみ》に落ちた。


カーテンを引いていない窓の外が、薄《う》っすらと白んでいる。間もなく夜明けだ。

意識を飛ばすようにして眠《ねむ》りに落ちていた佳月が目を開けて身動《みじろ》ぎすると、覚醒《かくせい》に気づいた藤原が髪に触《ふ》れてきた。

そっと撫でてくる指の感触が、気持ちいい。

「悪い、これ……隠《かく》したほうがいいな。痛いか？」

「あ……痛くはない、けど」

藤原が苦笑《くしょう》して指差した佳月の左手首の内側には、赤紫色《あかむらさきいろ》の内出血がクッキリと刻まれてい

る。

もともとあった、薄《うす》い満月形の痣など影《かげ》も形もない。

「大伴さんに見られたら、本気で殺されそうだ。しばらく、電車を使う時はホームの端《はし》に立たないようにしよう、信号待ちも、最前列は危険だな」

真顔でそんなことを口にした藤原に、つい笑ってしまった。いくら大伴でも、さすがにそれはないだろう。

「夢……見てた」

「ふーん？　どんな？」

ついさっきまで漂《ただよ》っていた夢の余韻《よいん》が、まだ滞《とどこお》っているみたいだ。

髪に触れていた藤原の手を掴み、口元に寄せて指先に唇《くちびる》を押しつけた。

「この指が、満月みたいに輝《かがや》く丸い石を握《にぎ》ってた」

「へぇ《え》……吉兆《きっちょう》だな」

ふっと笑った藤原が指を引き、代わりに自分の唇を押しつけてくる。

それは、『かぐや』が『観《み》た』ものではないのに……吉兆だと笑った藤原は、我が力で掴み取る自信があるのだろう。

この男なら、凶《きょう》の運命を変えてでも、どんなことだろうとやり遂《と》げてしまえそうだな……と、広い背中に手を回した。

あとがき

こんにちは、または初めまして。真崎《まさき》ひかると申します。この度《たび》は、『夢詠《ゆめよ》みかぐや』をお手に取ってくださり、ありがとうございました。

ルビーさんで三作目となる今回は、かぐや姫《ひめ》をモチーフにしましたが、ほんのりとイロモノ……でしょうか。

竹取物語《たけとりものがたり》、簡単に調べただけですがすごく奥が深かったです。詳《くわ》しく勉強されている方から見れば、いろいろと粗《あら》やツッコミどころがあるかと思います。都合よく改変したな……と、生温かい目で見ていただけると幸いです。

そういえば、偶然にも十五夜&スーパームーンの時期に、この原稿を手がけていました。不思議な月の魅力を感じつつ、不埒《ふらち》なことを考えていると……罰《ばち》が当たるのではないかと、ドキドキしました。

とっても艶《つや》っぽくて綺麗《きれい》なイラストをくださった榊空也《さかきくうや》先生、なにかとご迷惑をおかけしましたが、本当にありがとうございました！

佳月《かづき》は色っぽく、藤原《ふじわら》は男前で……カバーイラストを拝見した際の第一声は、「眼福」でした。素敵《すてき》なビジュアルをいただけて、幸せです。

プロットのご相談からお世話になりました、前担当Mさま。最後まで手のかかる人間で、申し訳ございませんでした。完成稿をきちんと見ていただけなかったことが、心残りですが……なにかとありがとうございました。

そして、一番厄介《やっかい》な作業である私から初稿をもぎ取る、というところからお世話になっています新担当Aさま。初《しょ》っ端《ぱな》から「すみません」を連発して、恥ずかしい限りです。ありがとうございました。きっと、大変なヤツを……と頭を抱《かか》えられているかと思われますが、できる限り謝る回数を少なくしたいです。今後とも、よろしくお願い申し上げます。

ここまでお目を通してくださり、ありがとうございました！　ほんのりイロモノですが、少しでも楽しんでいただけましたら幸いです。

では、そろそろ失礼します。また、どこかでお逢《あ》いできますように。

二〇一五年　そろそろ紅葉の季節です

真崎ひかる

夢詠みかぐや
「ッ……ん」
「なんか……メチャクチャに
悪いコトをしている気分だな。
神聖な場で、綺麗な清い存在を穢す……
って感じで、冗談じゃなく罰が当たりそうだ」